Cilene Trindade Rohr

O Pretinho da Bacabeira e a Mulher Cheirosa

KOTTER
EDITORIAL

Coordenação Editorial: Sálvio Nienkötter
Editor-Executivo: Daniel Osiecki
Editor-adjunto: Claudecir de Oliveira Rocha
Capa e design editorial: Carlos Garcia Fernandes
Produção: Cristiane Nienkötter
Revisão e preparação de originais: A Autora

Dados Internacionais de Catalogação na Publicação (CIP)
Angelica Ilacqua CRB-8/7057

Rohr, Cilene Trindade
O pretinho da bacabeira e a mulher cheirosa / Cilene Trindade Rohr.
– Curitiba : Kotter Editorial, 2023.
104 p.

ISBN 978-65-5361-106-1

1. Ficção brasileira I. Título

CDD B869.3

22-3228

Kotter Editorial Ltda.
Rua das Cerejeiras, 194
CEP: 82700-510 - Curitiba - PR
Tel. + 55(41) 3585-5161
www.kotter.com.br | contato@kotter.com.br

Feito o depósito legal
1ª Edição
2023

Cilene Trindade Rohr

O Pretinho da Bacabeira e a Mulher Cheirosa

Aos meus avôs
Dinair dos Santos Nascimento
e Isídio Souza Santos

Agradeço à Mulher Cheirosa,
à Matinta Perêra, ao Pretinho
da Bacabeira e a todos os
Encantados da Linha do
Fundo, Pajelança, Pena
e Maracá.

Na cabeceira, o canto da Iara,
Eu sou Marajoara, eu sou, eu sou, eu sou, eu sou.

Mestre Dikinho

Prefácio

Marinheiro iniciante na arte do prefaciar, o mergulho nestas linhas tracejadas por Cilene fez-me imergir no mar de minhas memórias pueris, de cujo porto soltaram-se as cordas de meu barquinho de cortiça, de velas enfunadas, navegando por uma infância multifacetada do garoto negro, miúdo, do rio e da mata, a reboque do avô, velho e experiente navegante com quem pude aprender muitos segredos do mundo real e do invisível, em torno/dentro de nós. Com ele, aprendi a respeitar a natureza, por meio da ideia de que água, o ar, a floresta são habitat, propriedade de seres aos quais se deve obediência. Sim! Obediência! *Oh, Minha Vó, dê licença pra tomar um banhinho aqui no seu igarapé!* E ai de mim que não o fizesse escutar...

Nessa viagem, de uma nostalgia ardente, inevitável é não me lembrar de lugares e de personagens, deste livro e da minha vida, nos quais preciso ancorar. Sempre guiado pela sabedoria daquele homem, exímio conhecedor do mundo místico marajoara, aprendi ser um poço da Casa do Sossego a morada da Cobra Grande, aprisionada por fios de cabelos da Virgem Maria, para que não inundasse a cidade, caso a bicha fizesse algum movimento. Banho ali?!? Nem pensar! Era o espaço dela, não meu, dizia ele. De análogo modo, era a recomendação quanto ao Largo da Bacabeira, cenário de incontáveis açoites a quem, principalmente, com palavrões e algazarras, ofendia ao ilustre morador do recanto: o Pretinho da Bacabeira. Já pensou? Apanhar sem, sequer, saber de quem?!?

Figura marcante desse período, motivo de meu esbugalhar de olhos, era a Matinta Perêra. Ela era o álibi infalível quando meu guia desejava-me ver cedo dormindo. Com sua pedagogia do medo, acuava-me, ao dizer, enfaticamente, que, acordado, eu atrairia a tal feiticeira e seria levado por sete cidades, de modo a talvez não mais voltar. E nunca sofri de insônia nesse tempo... Entre uma remada e outra, as lições, que me atraíam, fascinavam... De modo paradoxal, um medo atraente. Não passar pelo Cruzeiro significava escapar da sedução da misteriosa Mulher Cheirosa, de um perfume hipnotizante e perigoso, a ponto de o refém achar-se, após horas, perdido em meio ao mangue.

Isso aconteceu com Seu Tonico
No dia de São Sebastião
Perto do Cruzeiro, ele passava
E a flecha feriu seu coração.

Já comemorava a conquista
Mulher, por ali, não vira igual
Só no outro dia, se deu conta
Estava perdido no manguezal.

Ainda aportado, boia, nessas reminiscências, a anciã que morava só e vendia o cipó d'alho, indispensável na fervura do tucupi para preparação do tacacá, tradição de família semeada por minha avó. Tão logo me disse o velho que a mesma virava porca, realizar a compra passou a ser um enorme desafio. Por isso, jamais o fazia sozinho. Meus irmãos me guarneciam, não obstante sentissem um temor superior ao meu. Puxando a âncora, sigo agora a navegar em causos e estórias do velho marujo, cujos desfechos eram alguma forma de punição a quem ousava infringir as regras desses seres encantados/encantadores.

Nesta obra, a autora, de notória habilidade, constrói uma narrativa que une esses sobrenaturais e aprisiona tão fácil quanto a fragrância da Mulher atraente, motivo de embaraço até para os mais íntegros senhores da sociedade. Ímpar, todavia, é a peculiar maneira de fazer rir a quem envereda por suas linhas, ora cutucando uma série de preconceitos, ora fazendo um exercício intertextual com uma realidade sociopolítica perversa, em se tratando do não respeito a elementos referentes ao tradicional. Por isso, em ambientes de requinte, metropolitanos, as humilhantes sanções, das quais meu velho, de quem fiz bússola, procurou, na molequice inteira, manter-me protegido.

Cabe, pois, a vós, leitores, o privilégio de transitar, sem medo, fazer deste livro um rio-mar, conforme o barco de cada um. Quanto a mim, resta-me encolher as velas... Boa leitura!

Ailton Favacho

Sumário

A PALAVRA INOPORTUNA

Naquele tempo, disse Jesus a seus discípulos: 49 Eu vim para lançar fogo sobre a terra, e como gostaria que já estivesse aceso! Vós pensais que eu vim trazer a paz sobre a terra? Pelo contrário, eu vos digo, vim trazer divisão. 52 Pois, daqui em diante, numa família de cinco pessoas, três ficarão divididas contra duas e duas contra três...
(Lc 12, 49-53).

Meus caros, o fogo purificador de que fala Jesus é o fogo que queima para tirar as impurezas do homem. Purificando o homem, pode-se, então, separar ou dividir o que é santo do que é pecador. Purificar significa separar o que é de Deus do que não é! Muito bem, alguns religiosos dizem por aí que se um homem e uma mulher não vivem na mesma fé de Deus é porque eles estão separados pelo fogo que os purificou, e nessa separação um ficou do lado de Deus e o outro não. Noutro dia ouvi um certo padreco dizer que o homem estaria do lado de Deus e a mulher estaria contra Deus porque se revoltou contra Deus ao desobedecer a seu marido. Eu pergunto, então a vocês: por que será que há tanta violência contra as mulheres nesse mundo? Ora, não sejam hipócritas! A resposta é óbvia! Esse tipo de discurso religioso somente endossa mais violência contra a mulher. Mas não se preocupem, eu estou aqui hoje para lhes mostrar o outro lado do fogo purificador! Pois, eu vim para separar o homem da sua mulher, o filho de seus pais. Eu sou o fogo purificador que separa e revela a verdade. Mulher nenhuma será mais enganada!

Com essa interpretação da bíblia, Marie, a Mulher Cheirosa, deu início ao seu discurso na igreja de Nazaré e exalando seus cheiros, começou a andar pela igreja, fazendo os homens e até o padreco se ajoelhar aos seus pés. Alguns homens não resistiam e corriam tentando agarrá-la. As esposas se indignavam. Algumas choravam, outras diziam blasfêmias dentro do santuário sagrado de Nossa Senhora de Nazaré. A elite paraense estava enlouquecida. Os homens mais poderosos da cidade que iam à casa de Nazinha revelavam-se loucos pela Mulher que exalava cheiros tentadores.

Logo, deu-se início a uma surra invisível nas pernas e costas dos homens que tentavam agarrar Marie.

Era o Pretinho da Bacabeira.

E que comece o deboche!

I

NUM RESTAURANTE EM BRASÍLIA

No hall de entrada de um restaurante de comidas típicas do Pará estavam dois sujeitos numa tarde de verão. Um deles era baixo, de cabelos brancos, usava óculos de sol estilo anos 80, uma calça de linho de cor preta e um camisa vermelha. O outro trajava um terno azul e tinha um rabo de cavalo. Ele usava um relógio enorme no pulso e terminava um cigarro enquanto o outro homem o aguardava. Os dois conversaram qualquer coisa com a recepcionista do restaurante e, logo em seguida, entraram no local. Se aconchegaram numa mesa à ilharga, próxima a uma janela que dava vista para a rua. O primeiro homem era diretor de teatro e o segundo um ator aposentado e escritor de peças teatrais.

Parece que falavam sobre uma peça que pretendiam encenar.

Constantino Fernandes – era o nome do primeiro homem – disse:

– Não gostei do texto. É muito previsível. Os personagens são um tanto quanto bobos demais... a sátira com travestis e nordestinos é bem ultrapassada. Estou cansado desses textos repetitivos e cansativos. Você não tem algo melhor, Benedito?

– Eu discordo. Acho que o tema é interessante e as personagens podem ser lidas com certa ironia e não como bobas, respondeu Benedito. E acrescentou: – Mas você tem razão, os temas são sempre os mesmos, originalidade é um tema difícil na atualidade.

– Bem, podemos melhorar alguns aspectos, mas ainda não sei se estou disposto a trazer para o palco do meu teatro um tema tão banal. Estou em busca de algo que surpreenda meu expectador! Há tanto a ser dito Benedito, mas sinto que as pessoas estão com preguiça de falar!

A garçonete se aproximou e ofereceu aos cavalheiros, o cardápio. Benedito deu uma olhada rápido e perguntou o que era maniçoba. A moça explicou que se tratava de uma "feijoada paraense", com todos os ingredientes de uma tradicional feijoada, porém no lugar do feijão acrescenta-se a folha da mandioca que é venenosa, explicou a moça afroameríndia.

– Como assim venenosa? Perguntou o homem com espanto. Ela explicou que se cozida por sete dias, o efeito venenoso se dissipa e, então, é possível comer.

– Interessante! Disse o homem.

– Mas, por que sete dias? Perguntou Benedito, com olhar curioso. – Há uma explicação científica ou uma crença indígena para esse procedimento?

– Existe as duas coisas! O procedimento é baseado na concepção indígena que não deixa de ser científica e filosófica, ao mesmo tempo! Os índios são sábios e concebem toda sua forma de vida e existência baseadas no poder científico que é uma crença porque é sustentado pela experiência comprovada. Isso vale para toda a forma de vida social indígena. E no caso do alimento, por exemplo, a maniçoba, é uma receita que precisa ser cumprida à risca, pois a experiência já revelou – em muitos casos – que o contrário pode levar à morte. Os senhores gostariam de pedir um prato de maniçoba?

– Não! Responderam os dois enfaticamente.

– Acho que prefiro um filé de peixe com arroz e fritas, disse Constantino.

– Eu gostaria de testar o açaí na tigela, falou Benedito.

– Com farinha de tapioca ou farinha d'água? E para acompanhar, o sr. Vai querer peixe ou camarão? Perguntou a moça que falava rápido, mas explicava tudo em detalhes.

– Como assim, perguntou Benedito espantado.

– Açaí com farinha, peixe ou camarão?

– Sim, senhor! O açaí é tipicamente tomado com algum alimento salgado. Pode ser peixe, camarão ou pode ser também um bife frito ou até mesmo ovo frito, sardinha ou qualquer outro acompanhamento disponível.

– Mas que jeito mais esquisito de se tomar açaí! Até onde sei, açaí se toma com no máximo banana ou guaraná ou granola...

– Meu caro senhor, açaí é uma fruta genuinamente do Norte. É batida na hora e faz parte do cardápio diário do Nortista, especialmente o do Pará. Foram vocês do Sul e do Sudeste que pegaram o açaí e inventaram a bebida com guaraná, banana, granola etc. Eu não vejo mal algum nisso, mas se o senhor pretende desdenhar da forma como bebemos açaí no Pará, eu sugiro que o senhor se retire desse estabelecimento, pois se o senhor não viu a placa lá fora, eu posso recordá-lo, de que se trata de um restaurante de comidas típicas do Pará! E sim, comemos açaí com farinha, peixe, camarão, carne, ovo ou o que houver disponível na hora da fome e da necessidade.

– Perdoe meu amigo, ele não está familiarizado com a cozinha paraense. Traga, por favor, dois pratos de peixe com arroz e fritas, disse Constantino.

– Certo, e para beber, o que vão querer?

– Água! Responderam os dois homens.

– Os senhores têm certeza de que não querem experimentar os sucos de cupuaçu, bacuri, muruci, taperebá, graviola etc.?

– Nomes exóticos assim! Qual deles não é venenoso? Disse Benedito, rindo-se ironicamente.

– Venenoso só sua língua, meu caro senhor! Respondeu a mulher visivelmente chateada com a piada sem graça de Benedito.

– Traga-nos uma Coca-Cola e água, por favor! Disse Constantino.

A moça se retirou e Benedito disse a Constantino que nunca mais entraria naquele restaurante, onde a garçonete era uma mulher tão mal-educada.

– Não ligue para isso meu caro! O que importa é que a comida daqui é muito boa! Já estive aqui antes, mas diga-me, como faremos a respeito da peça? Encenaremos ou não? Estou inclinado a aceitar, afinal, em "tempos de branquidão", não podemos arriscar algo "profanador" e que possa ser censurado! Caso contrário, criaremos problemas com o governo e na nossa idade e condição, me parece imprudente e desnecessário!

Na mesa ao lado, um sujeito robusto, usando um chapéu cinza e paletó branco, ouvia a conversa dos dois homens. Ele se levantou e caminhou na direção dos dois que perceberam sua aproximação e se calaram aguardando-o se pronunciar.

Benedito pensou que seria mais um paraense mal-educado querendo reclamar, mas o sujeito parecia gentil, embora não tenha tirado totalmente o chapéu ao cumprimentá-los. Apenas fez menção de tirá-lo e já foi logo dizendo:

– Os senhores me perdoem, mas eu ouvi sem querer a conversa, e se estão em busca de uma peça que seja arrebatadora, eu acho que posso ajudá-los nessa empreitada.

Constantino – que era fominha por fama e dinheiro – levantou-se e mais que depressa cumprimentou o homem e ofereceu-lhe lugar à mesa.

Constantino fez menção de ajudar o homem com seu chapéu, mas ele se recusou, levantando-se rapidamente e elevando a voz disse:

– Não se atreva a tocar no meu chapéu!

Constantino e Benedito se assustaram, afastando os ombros para trás e arregalando os olhos. O homem logo se acalmou e sorrindo respondeu:

– Perdoe-me a grosseria, mas meu chapéu é muito precioso. Foi um presente de meu avô e por isso nunca o tiro, e não gosto que toquem nele.

Constantino – pensando que o sujeito tinha um ar de louco – respondeu, no entanto, com delicadeza:

– Eu é que peço desculpas pelo inconveniente! Mas por favor, sente-se e conte-nos sobre sua peça. Aliás, como o senhor se chama?

– Sem problemas, perdoe-me, meu nome é Miguel Antunes. Na verdade, sou um ator e trabalho na companhia de teatro do grande artista da ilha do Marajó, o Sr. M.B. Os senhores nunca ouviram falar?

– Sr M.B.? Não, nunca ouvimos falar, responderam os dois homens se entreolhando curiosamente. Miguel entrou em mais detalhes que fizeram os dois homens se interessarem, ainda que de leve, pela tal companhia de teatro:

M.B. é ator e diretor dos espetáculos da companhia fundada em 1313 pelo seu ta ta ta ra avô. O artista nasceu numa das ilhas do Marajó (a ilha de Soure). É formado em teatro pela Universidade Federal do Pará e, há algum tempo, atua com sua companhia em espetáculos no Norte do país.

Agora é o momento de expandir o sucesso do grupo de teatro companhia casa da bacabeira. A peça, dessa vez, intitulada "O Pretinho da Bacabeira e a Mulher Cheirosa", é estrelada pela famosa atriz e companheira de M.B., a senhora Marie que dá vida à personagem "Mulher cheirosa". Marie também é marajoara.

Atua na peça também a atriz Maria Fifi no papel da "Matinta Perêra". Maria é conhecida na ilha pelo seu apetite sexual voraz. Maria Fifi adora seduzir os homens, principalmente os mais jovens.

Compondo a equipe, temos o braço direito de M.B., o Miguel Miguelão, que, na peça, interpreta seu avô Miguelão e herdou deste, um olho a menos. E a Porca gigante, interpretada pela atriz Joana, também famosa lá na ilha do Marajó.

– Os senhores estão vendo aquela espingarda ali na parede? Ela pertenceu a Miguel Antunes, mais conhecido como Miguelão, que matou uma cobra gigante que cruzou seu caminho num Furo lá na ilha do Marajó, muitos anos atrás.

Os dois homens arregalaram os olhos, mas disfarçaram o espanto.

Constantino pensou consigo, *será que esse sujeito está de piada com a nossa cara?* E Benedito perguntou: – O senhor é, então, parente desse Miguel Miguelão?

– Eu?... Perguntou o sujeito pensativo. Sim, é possível, na ilha somos quase todos parentes. Mas meu nome é mesmo Miguel. Isso posso garantir! Respondeu o homem rindo sarcasticamente.

Os dois amigos se entreolharam e ambos pensaram, *esse sujeito está gozando com nossa cara!*

Logo, respondeu Miguel: – Eu garanto a vocês que não é gozação. Estou falando a verdade! Mas ainda não me disseram o que acharam da companhia de teatro de meu patrão?

Constantino pareceu espantado e pensou que o sujeito parecia adivinhar seus pensamentos, mas logo passou essa impressão. E enrolando algumas palavras respondeu:

– Não parece mal, mas na verdade estamos procurando algo mais realista!

– Realista! Sim! Emendou Benedito que começava a ter medo do jeito estranho do homem.

– Garanto que nunca verão nada tão realista como o trabalho de meu patrão! Respondeu Miguel.

Constantino pensou consigo: *certamente, porcas gigantes e cobras de um olho só devem ser muito realistas na ilha do Marajó!*

– Na verdade, só quem poderia responder a isso, não sobreviveu para contar a história! disse Miguel. Ao que Constantino o olhou espantado e com medo de que Miguel fosse algum vidente!

– O senhor acredita nessas histórias?, perguntou Benedito.

– Eu?... perguntou Miguel. Ora, eu sou muito suspeito para responder. Mas e os senhores? Acreditam?

– São apenas lendas, disse Constantino, num tom provocativo.

– Então, os senhores não acreditam em lendas? perguntou Miguel.

– Não, não acreditamos, respondeu Benedito.

– Mas que interessante! Disse Miguel fingindo um ar de espanto, olhando para os dois homens.

– Mas porque a admiração com o fato? Aqui não acreditamos em crendices populares, disse Constantino.

– Crendices populares! Disse Miguel numa risada debochada. – Por favor não me entendam mal, mas é que sou praticamente um estrangeiro nessa cidade e muito me admira saber que aqui as pessoas não acreditam nos mitos amazônicos, mas veneram os das cidades!

– Ora, isso não me parece ser motivo de espanto mesmo para alguém do Norte ou do Nordeste do país. De todo modo, vivemos num país livre e temos o direito de não acreditar nessas crendices, retrucou Benedito.

– Ah, mas sem dúvida que vivemos num país livre! Mas diga-me, nem o Saci Pererê ou o Curupira? Perguntou Miguel.

– Não, nada disso acreditamos! Isso é tudo folclore e já está historicamente comprovado!

– E o boto cor de rosa ou Iara?

– O senhor por acaso sofre de algum problema mental? Perguntou Benedito.

– Bene! Censurou Constantino.

– Sim, sim, quando criança bati com a cabeça! Por duas vezes! Disse Miguel rindo-se muito e sem tirar os olhos de Constantino. Mas os senhores ainda não me responderam se vão encenar a peça do meu patrão!

– Diga-nos o senhor, o que significa M.B.? perguntou Constantino.

– Não posso dizer, ainda! Respondeu Miguel.

– Mas porque tanto mistério? É algum bruxo, feiticeiro o seu patrão? Perguntou Benedito.

– Para mim é alguém muito normal, mas talvez para vocês daqui...

– Quando podemos encontrar com esse tal M.B.? Gostaria de ter com ele mais detalhes sobre a peça. Acho que todo esse mistério me interessou, disse Constantino.

– É para já! Vou ali dentro fazer uma ligação e enquanto os senhores comem eu acerto um encontro. Um minuto e já volto. Ao dizer isso, Miguel levantou-se e deu de costas para os dois homens que, um tanto quanto desnorteados com a conversa, tiveram a impressão de ver rapidamente algo que parecia ser uma cauda se movendo nas calças de Miguel. Ambos esfregaram os olhos e ao olhar novamente o homem já estava longe. Se entreolharam, mas não quiseram comentar nada, apesar do espanto.

Quando Miguel retornou, os homens já estavam prontos para sair do restaurante e já haviam pagado a conta. Miguel disse então que seu patrão, M.B. gostaria de encontrá-los à noite no apartamento de Constantino às 19h. Benedito se manifestou dizendo que à noite já tinha um compromisso e não poderia comparecer ao encontro. Constantino disse, então, que tudo bem, que o Sr M.B. podia visitá-lo sem a companhia de Benedito, que olhou assustado para o amigo.

– Perfeito! Disse Miguel. – Jantaremos, então, hoje à noite às 19h, na sua casa. Até breve! E se retirou tão rapidamente que não houve tempo de Constantino dizer onde morava.

– Você enlouqueceu, Constantino! Como pode dar ouvidos a esse louco? E se for um psicopata? Nem sabemos de quem se trata e nem quem é esse tal M.B.!

– Fique calmo, Benedito! O homem pode até ser psicopata, mas ele não sabe onde moro! Você percebeu que ele se foi sem pedir meu endereço? Deve ser algum louco golpista.

– É verdade! Mesmo assim, não confio nele! Você é uma pessoa pública. Muitos sabem onde você mora. Não seria difícil conseguir seu endereço.

– Não se preocupe. Está tudo sob controle. Vou preparar um jantarzinho e se o louco aparecer, comeremos juntos e nos divertiremos, disse Constantino rindo, enquanto deixavam o restaurante.

Naquela noite, Benedito foi ao teatro com outros dois amigos. Constantino ficou em casa e preparou um leve jantar.

* * *

Havia uma mulher na entrada do prédio Guarujá Tri-Palace, onde Constantino morava. Ela aguardava seu marido, que era porteiro, voltar do banheiro. Estava sentada na cadeira atrás de uma pequena mesa, quando viu cinco pessoas à porta de vidro da entrada do prédio. A mulher, que era evangélica, sentiu uns calafrios ao ver as figuras estranhas e medonhas que desejavam entrar. Um deles, Miguel, apertou o botão do interfone e a mulher, sem tirar os olhos da porta, atendeu com a voz trêmula e perguntou:

– Os senhores desejam falar com quem?

– Somos um grupo de artistas de teatro da ilha do Marajó. Temos um jantar com o Sr Constantino, respondeu Miguel.

Prontamente a mulher se levantou e liberou a entrada para o grupo, mas parecia em estado de choque. Sem palavras, a mulher olhava para aquelas figuras enormes com trajes estranhos. Maria Fifi – que usava um belo vestido azul – fitou os olhos da mulher e a deixou completamente paralisada, porém consciente. O cheiro de perfume de ervas exalou completamente o local. Era Marie com seus perfumes, e vestia uma saia florada e uma blusa curta que deixava sua barriga à mostra. Em seguida vinha M.B. que vestia uma calça de linho e uma blusa de mangas compridas preta e um belo e longo casaco por cima. O homem tinha a pele negra e brilhosa, era alto e de uma envergadura bastante imponente. Atrás seguiam Miguel e Joana que vestia um vestido todo colorido que dava ainda mais abundância ao seu corpo gordo e vistoso. Ao passarem pela mulher – que continuava muda e paralisada – imediatamente num estalar de dedos de M.B. – que olhou para Maria Fifi que desfez o encanto perverso da paralisia – a mulher voltou a se mover caindo sentada na cadeira sem conseguir esboçar palavras. Apenas respirava fundo e parecia cansada. Quando se moveu para tentar impedir o grupo de subir, viu algo que parecia ser um rabo de porco se mexendo na traseira da mulher enorme que entrou no elevador por último, era Joana. A porta se fechou e subiram para o primeiro andar.

Miguel tocou a campainha do apartamento 113. Constantino olhou pelo olho mágico e tomou um leve susto, pois apesar de duvidar, sentia que era possível receber aquela visita. Abriu a porta calmamente e sorriu aos convidados.

– Boa noite, entrem por favor! Eu não esperava tantos convidados, mas sintam-se à vontade.

Um a um, os convidados entraram, olhavam e observavam o local que era enorme. Um apartamento de 250 metros quadrados que iniciava por uma sala gigantesca cheia de móveis e objetos de cultos religiosos feitos em estátuas de gesso pintadas em cores fortes.

Constantino guiou-os até uma antessala de jantar com uma mesa enorme e oito cadeiras.

– Os senhores podem se acomodar à mesa, enquanto vou buscar mais pratos e talheres para os demais convidados que eu não esperava!

Ao retornar, Constantino deparou-se com Marie sentada à cabeceira da mesa onde ele costumava sentar-se para suas refeições. M.B. que estava sentado ao lado esquerdo de Marie, apontou a Constantino à outra ponta da mesa em formato oval nos dois lados. Todos sentados, começaram a se servir de uma salada e Miguel perguntou se podia abrir a garrafa de vinho. Constantino respondeu que sim. Todos se serviram e beberam, menos M.B.

Constantino percebendo perguntou:

– Não vai comer ou beber alguma coisa, Sr M.B.? Imagino que seja o sr M.B., certo?

– Não estou com fome e minha bebida preferida parece que o Sr não tem para oferecer.

– Qual seria sua bebida favorita?

– Cachaça! Respondeu se intrometendo e gargalhando alto Joana.

– O senhor vai me perdoar, mas não tenho cachaça! Disse Constantino

– Não tem problemas. Vou perdoá-lo dessa vez. Mas diga-me, é verdade que o Sr não acredita em lendas e mitos? Perguntou M.B.

– Ah, então, o Sr Miguel já lhe contou? Sim, é verdade! Meu amigo Benedito e eu, não acreditamos em lendas ou mitos apesar de sermos artistas. Enfim, é patrimônio da arte, a fantasia, a imaginação, o mítico, o alegórico, a lenda, o fantástico e até o Mito! Mas são elementos constitutivos do âmbito ficcional. Ou seja, nada disso pode ser verdade ou real. É tudo uma invenção do homem!

– Vejo que o Sr mistura muitos elementos que um crítico de literatura chamaria de distintos, mas não entremos por esse caminho do academicismo esdrúxulo e hermético! Vamos falar somente das lendas! O Sr conhece algumas lendas, certo? Perguntou M.B.

– Evidente que sim. O Saci Pererê, o Boto cor de rosa, a Iara, o Curupira etc. respondeu Constantino.

– Mas é claro que eles não existem, certo? Afirmou M.B.

– Sim, não existem! Penso eu.

– Que bom que o senhor pensa! Mas, e o Pretinho da Bacabeira, a Mulher Cheirosa, a Porca gigante, o Miguelão, a Matinta Perêra etc.? Já ouviu falar? Indagou M.B.

– Não, nunca ouvi falar desses personagens. Mas diga-me, o que tem a ver tudo isso com a peça que o Sr pretende encenar no meu palco? Não foi para isso que veio aqui hoje?

– Tudo a ver, meu caro! Justamente são esses os personagens da peça que eu dirijo. E aqui estão todos eles sentados a sua mesa!

– Você fala dessas pessoas aqui? Elas são artistas que interpretam esses personagens que o senhor citou? E são personagens lendários? É isso?

– Não. Eles são os próprios personagens em carne e osso!

– Eu suponho que isso seja uma metáfora!, disse Constantino não acreditando que M.B. falasse sério sobre aquelas pessoas ali à mesa serem de fato os personagens lendários da peça.

– Fico feliz em saber que levam a sério a profissão. Eu gostaria de conhecer melhor esses personagens. Quero dizer, saber suas características e qual o enredo da peça? Aliás, qual o título? Gostaria muito de ler o texto, antes de decidir se vou encená-lo!

M.B. se levantou e se dirigiu até a outra ponta da mesa e cochichou algo ao ouvido de Constantino. Os convidados comiam desgrenhadamente, falavam alto e riam-se muito. Joana provocava Miguel jogando folhas de alface em seu prato. Marie cheirava os alimentos enquanto Maria Fifi observava o local.

Constantino se levantou e guiou M.B. até uma sala que parecia um escritório. As portas duplas davam de frente para uma mesa com um computador e muitas prateleiras de livros. Havia também muitos objetos de antiguidades, estátuas gregas, troféus de prêmios que Constantino recebera em sua carreira, e muita poeira no local.

M.B. deu uma volta pela sala, examinou tudo como se estivesse avaliando um imóvel para compra ou aluguel. Foi até a janela, abriu a cortina e pelo vidro avistou no prédio ao lado, uma menina que bisbilhotava pela janela. M.B. piscou para a criança que respondeu com uma careta.

Depois voltou e parou diante da mesa, olhou em cima e viu muitos papéis e alguns livros amontoados. Num deles – bem em baixo, lia-se as letras Mik e logo abaixo delas escrito "O mestre".

M.B. deu um sorriso de leve e olhou para Constantino. Conversaram por alguns minutos e em seguida retornaram para a sala de jantar.

Ao retornar M.B. parou no meio da sala e olhou para a direita, viu uma janela de vidro muito grande. Estava aberta e as cortinas fechadas. Um vento forte entrou e abriu as cortinas. Do lado esquerdo viu um corredor. Caminhou até o final e abriu a última das cinco portas. Era uma suíte com um balcão. No banheiro havia uma hidromassagem.

Voltando pelo corredor, M.B. reencontrou seus amigos e Constantino que estava paralisado e olhava para M.B. com olhos esbugalhados. Ele sabia que ele sabia de tudo o que ele sabia.

M.B. estalou os dedos para Miguel Miguelão e depois foi se acomodar num sofá azul que estava na sala ao lado da mesa de jantar. Marie e Maria Fifi sentaram-se ao lado de M.B. Joana permaneceu à mesa comendo ervilhas, cenouras e alfaces que ninguém quis comer.

Miguel Miguelão virou-se para Constantino, tirou o chapéu e caminhou em sua direção. Ao passo que andava seu corpo se desmanchava pelo chão e ia se transformando numa enorme cobra de um olho só e avermelhado. Ele fitava Constantino e o paralisando-o com o olhar sedutor, se enroscou em seu corpo, estralou-lhe os ossos e lentamente o homem desapareceu no abraço mortal de Miguel Miguelão.

De repente ouviram algo no corredor do andar. Maria Fifi correu para ver. Era a mulher do porteiro que estava de joelhos bisbilhotando pela fechadura da porta. Maria Fifi a pegou pelo braço e a trouxe para dentro do apartamento. Marie perguntou seu nome, ela respondeu com a voz trêmula sem acreditar no que havia presenciado. Olhou para o lado e viu uma serpente enorme com um bucho enorme. – Maa Maruska... Meu nome é Maruska, por favor não me deem comida para esse bicho aí! Eu prometo que... A mulher não pode dizer mais nada, pois Maria Fifi a fitou e a congelou completamente.

Pena que Miguelão estava de barriga cheia da janta que acabara de comer e como foi uma janta bem grande, demoraria ao menos duas semanas para ele se saciar novamente. Sendo assim, Maria Fifi levou a mulher com o corpo todo paralisado para dentro da despensa da cozinha. Embora paralisada, a mulher estava consciente de tudo o que via e ouvia.

Marie perguntou se não era arriscado deixá-la viva ali dentro, vendo e ouvindo tudo o que acontecia no apartamento. Mas Joana respondeu que se fosse o caso, poderiam dá-la de comer a Miguel em duas semanas.

Maria Fifi disse que era melhor deixá-la ali por enquanto e darem sequência ao plano. Mais tarde, decidiriam o que fazer com a mulher.

2

O FURO DO MIGUELÃO

Reza a lenda que, na ilha de Soure, há um lugar chamado furo do Miguelão que dizem ser encantado. E *disque* lá vive uma cobra gigante de um olho só! Para quem não conhece, fica logo ali pertinho do rio Paracauari. Dia de chuva forte e escuridão medonha, os navegadores que passam por lá com suas pequenas embarcações, vez por outra, avistam um facho de luz lá longe! *Disque* é a cobra que atacou Miguelão, um turco que viveu na ilha do Marajó. Miguelão comercializava pela ilha viajando de barco. Um dia, para encurtar o caminho, teve a ideia de cavar o furo conhecido como Mucunã. Pretendia ganhar tempo e dinheiro. Aconteceu que durante as escavações do furo, uma cobra enorme apareceu e perseguiu o homem. Com olhos acesos de fúria e sede, ela se preparou para atacar Miguelão que, mais que depressa, desembainhou sua espingarda e atirou no olho da bicha! Mas parece que ele teve que abandonar as escavações do furo, porque dizem que, sempre que tentava passar pelo local, a cobra o perseguia. Na velhice, Miguelão ficou cego do olho esquerdo. Os pajés da ilha contam que foi o mesmo olho esquerdo da cobra que Miguelão acertou.

Miguel Miguelão gosta muito de contar esse causo sobre seu avô e para comprovar, ele tem à mostra, na parede do seu restaurante, a espingarda que acertou a sucuri.

3

ANTES DA ESTREIA

Enquanto Miguel Miguelão fazia a digestão, embolado num canto da sala, os demais se acomodavam nos outros cômodos do apartamento do ex-proprietário, o Constantino. Algumas modificações foram feitas no local. O lugar foi totalmente desentulhado e alguns móveis novos foram instalados. Tudo isso foi feito na mesma noite em que Constantino foi parar na barriga de Miguel Miguelão. O ambiente foi perfumado com os banhos e perfumes cheirosos que Marie trouxe da feira do Ver-o-Peso em Belém. Maria Fifi enfeitou com vasos Marajoaras enormes e cheio de desenhos marajoaras. Alguns armadores de rede foram instalados e a prateleira de bebidas estava cheia de cachaça e tinha até a cachaça de jambu que faz tremer e amortecer os beiços, e era a preferida de Joana que encheu a dispensa e a geladeira com delícias do Pará, tais como maniçoba, jambu, cupuaçu, tucupi, turu, tucumã, açaí, taperebá, camarão, uxi, abio, bacuri, muruci, sapotilhas etc.

No outro dia, Marie e Joana saíram pela cidade. Foram experimentar algumas lojas e perfumarias no shopping. Joana chamou um carro de aplicativo. Ao ver Joana primeiro, o motorista disse que não poderia realizar a viagem porque Joana era gorda. No entanto, ao sentir o cheiro de Marie que lhe entrou pelas narinas e o tomou completamente, o homem rapidamente saiu do carro e tentou agarrá-la.

Marie tentava se esquivar do sujeito que deu um grito quando uma porca imensa o mordeu no calcanhar. Ele se virou olhando para o animal e começou a batê-lo com violência. Acuada, a Porca começou a grunhir alto. Marie tentava conter o homem violento. Algumas pessoas, que por ali passavam, viram o que acontecia e foram socorrer. Houve um tumulto em frente ao prédio Guarujá tri-Palace. Joana aproveitou a multidão e deu umas fuçadas no carro do homem e amaçou a lataria.

Marie disse às pessoas que o homem se negava a levá-la com seu animal de estimação no carro dele e que, ainda por cima, tentou agarrá-la e que sua Porca só quis defendê-la ao atacar o homem. Puro instinto animal!

As pessoas queriam linchar o sujeito que dizia absurdos tais como *uma mulher gorda que se transformou nessa Porca enorme e me atacou!* Os passantes olharam para o homem como se ele fosse algum louco. Marie disse que o homem se negava a levá-la só porque estava com seu animal de estimação. O motorista, no entanto, afirmava que avistara uma mulher enorme e que depois uma Porca imensa o atacou, mas quando as pessoas olharam, viram nos braços de Marie, uma porquinha linda e amável, então entenderam que o homem era mesmo louco.

Marie disse que sua pequena Joana era doce e asseada e que nunca faria mal a ninguém. Disse ainda, mostrando uma bolsa porta-animais, que sua pequena Joana não sujaria o carro e que bastava que o moço as levasse ao shopping e tudo ficaria bem. O homem, porém, se negava a levar Joana e disse que Marie poderia entrar tranquilamente em seu carro, mas aquela porca gorda não! E ainda exigia reparação pelo carro amassado. Marie disse que pagaria mil reais pela viagem e logo o sujeito ganancioso, mais que depressa aceitou a proposta. As pessoas se dispersaram. Marie entrou no veículo e sentou-se no banco de traz e Joana fez questão de ir na frente, ao lado do motorista.

Durante a viagem, a Porca foi crescendo e crescendo e dava risadas maléficas à medida que seu corpo se avolumava, mais e mais, a ponto de apertar o motorista que não conseguia equilibrar o carro. Quando olhou pelo espelho retrovisor, viu Marie rindo-se muito. O homem gritava pedindo por socorro, mas ninguém o escutava. Não conseguia abrir a janela, pois não queria perder o equilíbrio total do carro, uma vez que estava totalmente apertado por Joana. Ele pedia para que Joana o deixasse dirigir em paz. Gritava dizendo que se aquilo fosse algum tipo de magia demoníaca que o perseguia, que parasse pelo amor de Deus, e que ele nunca mais faria mal aos animais e que nunca mais desrespeitaria uma mulher...

E continuou dirigindo desequilibradamente por entre carros que buzinavam devido às barbeiragens do motorista desequilibrado. Marie e Joana divertiam-se muito. Quem via de fora, pensava que algum bêbado estava no volante. Uma senhora anotou a placa e ligou para polícia. Chegando em frente ao shopping, Joana voltou a forma humana e o homem – pálido de medo – sem querer olhar para as mulheres, pediu que saíssem e o deixassem em paz. Ele rezava alto Ave-Marias e Pai nossos... Marie deixou um rolo de notas de cem reais no banco do carro e saiu do veículo. Ela e Joana entraram no shopping. O homem ficou parado com as mãos no rosto dizendo suas preces e pedindo livramento de tudo aquilo. Logo, um guarda bateu em sua janela. Ele tirou as mãos do rosto, olhou e baixou o vidro. O guarda disse que não podia ficar parado ali no desembarque. Ao sair, olhou para o banco de trás e viu as notas de cem reais. Rapidamente as pegou e colocou no bolso.

Mais adiante foi parado por uma blitz da polícia. O policial fez sinal para que encostasse o carro e pediu os documentos. Ao verificar a placa, o guarda disse que fora feita uma denúncia anônima e que o veículo seria multado. Além disso, ele foi pego pelas câmeras dirigindo fora das leis de trânsito e colocando em risco a vida de pedestres. O homem retrucou, dizendo que uma Porca enorme o atacou e o espremeu dentro do carro. O policial perguntou-lhe como foi que passou no exame psicotécnico?! O motorista insistiu em contar outros absurdos e disse que podia provar. Tirou do bolso o que acreditava ser um bolo de dinheiro enrolado num elástico. Quando o policial olhou em suas mãos, viu um maço de folhas verdes. O motorista olhou para as próprias mãos e quando viu o rolo de folhas, jogou-o longe e danou-se a coçar as mãos. Eram folhas de urtiga!

O policial não teve dúvida e disse que o levaria preso por desacato, pois estava debochando de sua autoridade e ainda tentando suborná-lo com folhas de urtiga. O homem resistia dizendo impropérios e absurdos, mas foi levado para prisão mesmo assim.

* * *

Naquela manhã, Maria Fifi ficou no apartamento para conversar com M.B. sobre a peça e como fariam a divulgação do espetáculo. Após conversarem, decidiram que era preciso ir ao teatro falar com a secretária e informar sobre a divulgação do espetáculo. Deveriam dizer que era uma ordem do produtor de teatro, o sr Constantino Fernandes.

Maria Fifi se aprumou e foi para o local. Ao passar pelo hall do prédio viu dois homens cochichando. Um deles lhe perguntou se ela veio visitar alguém. Maria respondeu que era moradora do apartamento 13.

– É convidada do Sr Constantino? Perguntou o homem.

– Sim, estou cuidando do apartamento enquanto ele viaja de férias pela Europa.

– Ah, não sabia que ele havia saído de férias!

– sim, e bem longas!

– E quando a senhora chegou, se me permite perguntar?

– Ontem à noite!

– Ah, por acaso viu essa senhora aqui, ontem à noite? Perguntou o homem mostrando uma foto de sua esposa Maruska na tela do seu celular.

– Sinto muito, não vi. Agora se me der licença, estou atrasada para um compromisso. Mais tarde talvez eu tenha mais tempo para conversarmos.

– Claro! Por que não!? Respondeu o homem cheio de risos para Maria Fifi e já nem pensando mais na esposa sumida.

Enquanto ia em direção à porta de saída, Maria Fifi ouviu os dois homens comentarem sobre ela, que era uma mulher, apesar de visivelmente envelhecida, muito bela e charmosa. Ouviu ainda, o outro homem dizer, que deveriam verificar o sistema de câmeras para saber quem entrou e saiu na noite anterior ao sumiço de Maruska.

Na secretaria do teatro, Maria Fifi apresentou um cartaz com a divulgação da peça *O Pretinho da Bacabeira e a Mulher Cheirosa* e uma carta assinada por Constantino autorizando a divulgação. A secretária, duvidando do papel, pediu licença a Maria Fifi e foi até Benedito que estava numa sala pequena, tentando falar ao telefone com Constantino que não atendia. A moça lhe explicou tudo e mostrou a carta e o cartaz. Benedito achou tudo muito suspeito e continuou tentando ligar para o apartamento de Constantino.

De repente, atende ao telefone a voz de Constantino:

– Bom dia, Bene!

– Constantino, estou ligando a horas! Onde você estava?

– Perdoe-me, estava no banho e não ouvi tocar o telefone. Mas o que houve? Por que essa voz de desespero?

– Meu caro, está aqui na secretaria do teatro uma mulher chamada Maria Fifi que apresenta uma carta assinada por você, autorizando a divulgação da peça *O Pretinho da Bacabeira e a Mulher Cheirosa*. Do que se trata afinal? E que loucura é essa de Pretinho...

– Ah, claro! Sim, a peça do Sr M.B. que aquele simpático Sr Miguel nos apresentou ontem no restaurante. Mande imprimir as cópias e prepare a divulgação. ESTREAREMOS em duas semanas.

– Como assim!? Você está louco ou o quê? Não me diga que recebeu a visita do tal M.B. e ele o convenceu a encenar a peça assim da noite para o dia?

– Exatamente isso! Faça o que estou mandando Bene! Eu sou o produtor e o Sr M.B. tem passe livre para encenar o espetáculo! E você, é claro, vai auxiliá-lo no que ele precisar! Sairei de férias por algumas semanas. Estarei na Europa. Até lá, cuide para que tudo corra bem e que o Sr M.B. e sua equipe tenham toda assistência!

– Constantino! Espere um pouco! Precisamos conversar! Vou até você... A ligação se foi.

Do outro lado da linha, M.B. retomava sua voz e acendia seu último charuto cubano.

A ligação se foi e Maria Fifi apareceu à porta perguntando se alguém podia atendê-la, pois estava esperando a horas ali em pé. Benedito, respirou fundo e pediu a Maria que entrasse e se sentasse. Pediu-lhe gentilmente os papéis e, pegando a secretária pelo braço, levou-a até a sala ao lado, sorrindo e pedindo licença à Maria Fifi.

Ao retornar, disse-lhe que tudo estava bem. Que os cartazes seriam impressos e o espetáculo seria encenado como solicitado. Pediu que aguardasse por algumas horas até que tudo se resolvesse burocraticamente. Perguntou-lhe se gostaria de tomar um café. Maria disse que sim e os dois caminharam até o bar e café do teatro. Benedito pediu dois cafés e Maria disse que o seu era com duas colheres de açúcar e sem leite. Benedito começou um interrogatório suspeito. Tentava ser discreto, mas parecia um péssimo ator na vida real. Maria, então, decidiu entrar no jogo mal encenado e respondeu a todas as perguntas.

Benedito perguntou o que significava a sigla M.B. Maria Fifi respondeu que eram as iniciais de seu patrão. – E onde vocês se conheceram?, indagou Benedito.

– Na ilha de Soure no Marajó. o senhor conhece o Marajó?, perguntou Maria Fifi.

– Já ouvi falar, mas nunca estive no Norte do Brasil. Quem sabe vou visitar após a temporada do espetáculo! Estou precisando de férias. Depois que parei de atuar e passei a administrar o teatro, não tirei férias.

– O senhor será muito bem-vindo! Saiba que admiro muito seus trabalhos. Especialmente os de teatro. Líamos seus textos na universidade e assistíamos aos seus espetáculos. Muito inspirador e estimulante! Sabia que M.B. assistiu a todos os seus espetáculos?

– Que bom saber! Sinto-me lisonjeado. Mas diga-me, há quanto tempo trabalham juntos?

– Desde a universidade. Fundamos juntos a companhia de teatro *Casa da Bacabeira* que foi nosso projeto de pesquisa na UFPA. A ideia foi de M.B., mas sou eu quem administra os negócios e toma todas as decisões.

Maria Fifi continuou falando dos trabalhos que fez com M.B. e de seus colegas Miguel Miguelão, Marie e Joana e de como foram entrando para o grupo até formarem a companhia de teatro *Casa da bacabeira.* Sem perceber ia dando informações importantes para Benedito rastreá-los. Mas Maria Fifi não era tola e sabia muito bem o que ia na cabeça de Benedito.

Pedindo licença, Benedito foi até a secretaria novamente e passou todas as instruções por telefone ao delegado que o instruiu a manter a mulher no local até que chegassem.

Nesse meio tempo, Miguel já estava na delegacia, dando queixa de Benedito por importunar o trabalho do grande artista M.B. que havia sido convidado pelo Sr Constantino Fernandes para uma temporada de espetáculos em seu teatro em Brasília. Miguel apresentou uma carta assinada por Constantino com assinatura reconhecida em cartório e autenticada pelo presidente da República federal do Brasil, o Sr Cloronald.

O delegado e Miguel partiram para o teatro. Chegando lá, Benedito estava no café com Maria Fifi. O delegado se aproximou e Benedito perguntou-lhe o que aquele homem fazia em sua companhia. O delegado explicou que havia um boletim de ocorrência registrado pelo advogado do Sr M.B. – o Sr Miguel Antunes ali presente – contra o famoso ator, o Sr Benedito por importunar e dificultar a divulgação do trabalho artístico do sr M.B. e sua companhia.

Benedito surtou com essa notícia e começou a proferir impropérios contra Miguel e Maria Fifi. Acusou-os de serem um grupo de terror-artistas, feiticeiros, macumbeiros do norte do país, infiltrados trapaceiros e usurpadores que queriam tomar conta do teatro e que haviam feito algum feitiço para envenenar seu amigo, Constantino Fernandes, que certamente não havia assinado carta alguma autorizando essa trupe de desordeiros a invadirem e tomarem o seu teatro.

Todos olhavam escandalizados com a postura tresloucada de Benedito. O homem parecia totalmente desequilibrado. O delegado o alertava para que ficasse calado ou o levaria a prisão. Benedito o acusou de ser cúmplice do grupo de terror-artistas.

O delegado não teve outra saída senão prender Benedito que foi algemado. Enquanto esperneava, gritava acusações contra Miguel, M.B., Maria Fifi e contra o próprio delegado.

O delegado pediu desculpas aos presentes e autorizou que levassem Benedito. Quando saiam, Benedito, ao olhar para trás, viu Miguel e Maria Fifi rindo. Ele, então, se enfureceu e lutou contra o policial que o levava. Conseguiu se soltar e correu em direção aos dois atores e os atacou chamando-os de monstros, bandidos, loucos etc. O policial conseguiu prendê-lo novamente, mas ainda assim, continuava a dizer absurdos. Afirmara ter visto um rabo saindo das calças de Miguel e pedia que o delegado checasse a traseira do homem. Os policiais riram e o delegado se enfureceu mais ainda e jogou Benedito no camburão com suas próprias mãos.

4

Nº 29.

ESCANDALIZANDO A SOCIEDADE TRADICIONAL

Marie e Joana entraram no shopping. Logo de cara, atraíram os olhares. Devido aos seus cheiros do Pará e suas roupas de chita, Marie incomodava as madames que usam perfumes caros da Chanel.

Joana, por onde passava, atraia os olhares com seu corpo robusto e vistoso.

As duas mulheres entraram em diversas lojas, mas não eram atendidas ou eram abordadas de forma hostil e grosseira. Numa dessas lojas de marca famosa e internacional, Joana tentou comprar um vestido e o caos se instalou.

A confusão começou quando a vendedora se recusou a buscar um vestido tamanho P, argumentando que *esse vestido não cabe no seu corpo gordo!*

Joana batia o pé, respondendo, *quem é você para dizer o que cabe em mim ou não?! Ainda nem experimentei o vestido para saber e você já está me dizendo que não cabe?*

A vendedora tinha medo de que Joana estragasse o vestido ao experimentá-lo. A agitação se estendeu quando Marie foi até a porta da loja e começou a dizer alto: – estão impedindo minha amiga de experimentar um vestido nessa loja. É gordofobia!

Não demorou muito para que um amontoado de gente em frente à loja iniciasse um Levante.

A segurança foi chamada para apaziguar os ânimos, mas Joana e Marie incitavam as pessoas e algumas que também eram gordas se uniam às mulheres em uníssono gritando, *a partir de hoje haverá boicote às lojas de shopping! Mulheres gordas não compram mais em nenhuma loja!*

E um homossexual gritou atrás, *gays e lésbicas também não compram!*

Em seguida, um casal negro que passava se uniu dizendo, *também não compraremos mais aqui!*

O gerente da loja, com medo do motim que se formava, e temendo perder seu emprego, decidiu se manifestar – Senhoras, por favor, perdoem a nossa funcionária. Ela não foi treinada para atender corretamente um público diverso. Aceitem nosso pedido de desculpas e fiquem à vontade para experimentar o vestido senhora... Como é mesmo o seu nome, senhora?

– Ora, o senhor acha mesmo que me engana? Pensa que não sei que deseja demitir a vendedora só porque não gosta dela e, ademais, o sr teme perder seu emprego?!

– Minha senhora, estou tentando resolver o seu problema e evitar uma revolta aqui! Diga-me o que a senhora deseja e eu mesmo a atenderei.

– Muito bem. Desejo experimentar o vestido tamanho P. E já que o senhor quer evitar uma revolta, então, atenda a todas as pessoas que estão aqui me apoiando e eu pagarei a conta!

O homem pensou no quanto lucraria com as vendas e colocou todas as vendedoras para atender.

As pessoas foram entrando e escolhendo o que queriam. Ao final, Joana abriu mostrou ao homem uma pequena mala cheia de notas de cem reais e pagou todas as compras.

O gerente guardou o dinheiro no cofre e fechou mais cedo, pois o estoque de roupas da loja havia esgotado.

Marie e Joana foram, ainda, tomar sorvete na praça de alimentação com os seus apoiadores do Levante em frente à loja e depois de muitas risadas, voltaram para o apartamento 113.

No dia seguinte, quando o gerente chegou à loja, seu chefe estava junto, eles correram para o cofre e, com os olhos cheio de ganância, abriram a mala de dinheiro. Para espanto, um vento soprou as muitas folhas de ortiga. O homem não entendeu e tentou explicar ao patrão, mas foi demitido por justa causa e preso e acusado por roubo. A loja fechou as portas e nunca mais reabriu.

5

A VISITA AO PALÁCIO DO PLANALTO

Antes da estreia da peça, M.B. queria visitar o palácio do Planalto para ver algumas peças de obra de arte que ouvira dizer, estavam abandonadas por ali.

M.B. queria entrar pela rampa do Palácio do Planalto para sentir o que os presidente sentiam ao estar no lugar mais poderoso do país. Desejava também fazer uma entrada triunfal, mas isso estragaria a surpresa da estreia da peça em algumas semanas.

Chegou, então, discretamente, junto com ele estavam Joana e Miguel. Visitou o espaço que abriga exposições e contou as fotos dos presidentes expostos na parede. Desenhou alguns bigodes e chifres na cara de alguns deles e aproveitou para estampar sua foto no mural como o próximo presidente do país!

– Para presidente o Sr M.B.!!! Vote 666!!! Viva o Pretinho da Bacabeira!, disse Joana, rindo-se muito. Todos riram também. O guarda do local alertou: "Aqui deve-se fazer silêncio e manter a compostura, senhores!

No apartamento 113, Marie acordou Miguel Miguelão e o mandou encontrar Maria Fifi no teatro Nacional Cláudio Santoro. Os dois deveriam fazer uma inspeção no local e preparar para os ensaios da estreia da peça.

No teatro, estavam acompanhados por um funcionário. Desceram ao subsolo para verificar as instalações. O funcionário contou que o local é mal-assombrado pelo espírito do maestro Cláudio Santoro. Histórias horripilantes são narradas por pessoas que estiveram sozinhas no local à noite. A bailarina que corre próximo ao elevador, a música de um violino que não se sabe de onde vem, elevadores que andam sozinhos etc.

Miguel Miguelão e Maria se entreolharam e riram, pensando que todas essas histórias são nada comparadas ao que M.B. estava prestes a realizar com sua trupe no palco do teatro.

6

A ESTREIA

Depois de algumas semanas, os ensaios estavam afinados, os cartazes foram espalhados, a divulgação foi feita nas redes sociais e nos jornais locais. E a noite de estreia chegou. Convidados proeminentes começavam a entrar. Na primeira fileira estava o ex-presidente Manuel Temeroso e sua bela esposa Vera Marmela, o novo presidente Cloronald e sua esposa Filiciana. O ex-juiz, Serenus-Mor [agora ministro da Lei e da Ordem da cidade e do país], também foi convidado. Representantes de templos monumentais como o de Sal[d]o[à]mão também ocupavam os bancos principais do teatro. A casa estava cheia!

A peça, *O Pretinho da Bacabeira e a Mulher Cheirosa,* já fora encenada muitas vezes no norte do país. Algumas adaptações foram feitas para se encenar no espaço do palco do teatro de Brasília.

A história de Maria Fifi, por exemplo, era inserida no espetáculo pela primeira vez...

7

A HISTÓRIA DE MARIA FIFI

Em frente à casa que morávamos encontra-se, ainda hoje, a casa de um vizinho e, ao lado dela, há um terreno de mais ou menos uns setenta metros de largura por oitenta de profundidade. O lugar é todo cercado e o matagal cobre toda a área. Além disso, há muitas árvores que dificultam o acesso ao lugar. Ao lado, há uma pequena passagem que separa o terreno da casa de uma velha que viveu lá por muitos anos. Essa velha já era bem velha, desde que eu era menina! Acho que ela já devia ter uns 80 anos ou mais porque andava apoiada – de um lado, por uma bengala e, do outro – pelo braço de um jovem namorado de quem ela morria de ciúmes. E era mesmo justo o ciúme porque ele era mesmo muito bonito, tinha uma pele negra azulada que brilhava ao sol. Era alto e tinha um físico bem definido. Era jovem e tinha uma voz grave e muito imponente. O nome dele eu não sei, mas todos o chamavam de Escuro. Vai ver era porque sua pele era de um escuro bem brilhoso e lindo de se vê! Acho que ele morreu primeiro que a namorada dele, porque vinte e cinco anos depois, eu retornei à ilha de Soure e só fazia um mês que a tal velha tinha falecido, enquanto o namorado falecera há anos.

Se eu tivesse ido lá um mês antes, ainda teria visto a velha Maria Fifi. Era esse o apelido que as crianças da rua usavam para zombar dela só porque era cega. Mas não adiantava se esconder e negar porque ela reconhecia o som da voz de cada um e contava para nossas avós. Levávamos a maior surra! Como quase sempre, quem não tinha falado nada, apanhava também, eu zombava da velha só para fazer valer a surra!

Alguns moradores da ilha diziam que a Maria Fifi era uma Matinta Perêra, mas ela odiava ser chamada assim. Hoje em dia, eu acredito que ela era mesmo uma Matinta Perêra! No sítio do meu outro avô tinha uma velha, bem velha, que era suspeita de ser Matinta Perêra. Reza a lenda que quando se deseja descobrir se uma mulher é Matinta Perêra ou não, deve-se dizer a ela – na noite em que ela passar voando pelo telhado sussurrando seu assovio paralisador – para que volte no dia seguinte para pegar tabaco. Não deu outra, meu avô estava deitado em sua rede à espera do sono, quando de repente ouviu os assovios assombrosos da Matinta Perêra que voava pelo teto da casa – mais que depressa – ele disse:

– Passe amanhã que te darei um pouco de tabaco!

No dia seguinte, estava ele na janela acendendo seu cigarrinho de palha quando chegou a tal velha suspeita e disse:

– Olá compadre, como vai? Vim buscar o tabaco que o senhor me prometeu.

Meu avô não teve dúvida, pegou o tabaco, entregou a ela e inventou uma desculpa para se livrar da conversa. A velha foi-se embora e nunca mais a Matinta Perêra sobrevoou o telhado do meu avô durante à noite. Mas sempre se ouvia algum morador das redondezas dizer que tinha recebido a visita da tal Matinta Perêra.

E tem mais! Dizem que ela tem o poder de paralisar o corpo das pessoas por alguns minutos!

Minha outra avó contou-me – dia desses aí – que uma vez foi paralisada pela Matinta Perêra. Segundo ela, já era tarde da noite e estava deitada em sua cama conversando com sua comadre e sua filha que estavam deitadas em redes penduradas no esteio da casa. De repente ouviram o assovio estridente da criatura e, em seguida, seus corpos ficaram paralisados, totalmente sem movimento. Conseguiam raciocinar, mas não tinham controle de seus corpos. Como a casa desses outros avós era de madeira, ficava sempre uma greta aberta entre as tábuas. E foi por aí que a Matinta, brechando, conseguiu paralisar as três mulheres com seu olhar. Por sorte, elas começaram a rezar interiormente e como que tinham uma fé imensa, o feitiço se desfez e a Matinta saiu voando e assoviando bem forte por cima da casa. Quando tudo passou, as três começaram a se perguntar o que tinha acontecido? E chegaram à mesma conclusão – de que tinham sido enfeitiçadas pela Matinta Perêra. Dizem que quando a Matinta tá pra morrer, ela sobrevoa a casa das pessoas perguntando "quem quer? Quem quer?". Se você responder que quer, recebe de herança o dom de ser Matinta Perêra!

– Quem quer?!!!

8

SIM! O DIA DA GRANDE ESTREIA!

Na entrada do teatro havia um cartaz enorme da peça. Na foto em destaque, se via Marie e Maria Fifi no centro, ao lado direito delas estava Miguel Miguelão com olhos vermelhos fulminantes, ao lado esquerdo havia um homenzinho de estatura baixa e bem Pretinho, em frente, aos pés de Marie e Maria Fifi, estava uma Porca gigante. O cartaz anunciava o nome da peça: *O Pretinho da Bacabeira e a Mulher Cheirosa.* E logo abaixo dizia, valor do ingresso: charutos cubanos e uma garrafa de cachaça da melhor qualidade, por favor!

No camarim, Marie penteava seus longos cabelos quando M.B entrou. Ele beijou-lhe os lábios e cheirou-lhe os cabelos perfumados de raiz de patchouli e de raiz de pripioca. Miguel Miguelão bateu à porta para avisar que Maria Fifi terminara sua cena da paralisia fatal. Marie perguntou como estava o público e Miguel Miguelão respondeu que Matinta Perêra paralisou o ex-juiz [Ministro da Lei e da Ordem da cidade e do país!] Serenus-Mor porque ele não obedeceu a instrução de trazer charutos cubanos e, ainda por cima, trouxe uma cachaça vagabunda e ruim. Como castigo, ficou vinte minutos sem poder se mexer na poltrona. Todos riram muito, Serenus-Mor parecia chateado, mas permaneceu no local, pois desejava assistir à peça.

Era chegada a hora do tão esperado espetáculo da noite.

Miguel Miguelão anunciou: senhoras e senhores, a companhia de teatro casa da bacabeira tem o prazer de apresentar a peça *O Pretinho da Bacabeira e a Mulher Cheirosa* dirigida e encenada por ele que é o maior ator da ilha do Marajó, o nosso respeitado M.B. no seu melhor papel de moleque traquina, o Pretinho da Bacabeira.

Por alguns minutos as luzes se apagaram. Ouvia-se uma música vindo de trás do palco.

E então, eu serei amor. O sereno e o luar será você ardente de paixão que raia no meu coração...

Ao som de "Ao pôr do sol" de Teddy Max, as cortinas se abriram. No palco, um baile. Casais dançando coladinhos e apaixonados. A luz que os iluminava e a música que os conduzia eram nutridas por um gerador de energia. O lugar era todo aberto e a lua criava a atmosfera romântica ao refletir nas águas do rio que aparecia ao fundo do palco. Os enamorados dançavam.

O perfume dos cabelos compridos de Marie seduzia os caboclos no salão de baile. Era impossível não perceber sua presença impactante pelo seu perfume atraente. Todos disputavam a vez para dançar com a moça.

No enredo melodramático: Marie era noiva de um caboclo ribeirinho da ilha. O sujeito era ciumento e violento e não gostava que a moça saísse para dançar desacompanhada dele, pois sabia da impressão vistosa e cheirosa que ela causava nos outros homens.

Miguel Miguelão informava o enredo da peça: se dizia na ilha, que a moça era intrigante e cheia das vontades. Nunca se permitia aceitar ordens de outrem. Na noite em que saiu para dançar, seu noivo estava viajando.

Marie se arrumou, se perfumou, usou todos os cheiros de **Poema feito de cheiros do Pará:**

Abre a porta,
Chega-te a mim,
Talismã da sorte

Que o
Laço de amor
De santa Terezinha
Atraí a felicidade
E vence
Os sete segredos da Bahia
Porque tu
Choras por mim,
Amor!

Cheirosa, a moça partiu para a festa. Sem lembrar do noivo, Marie dançava feliz e distraída quando de repente o rapaz ciumento apareceu.

Ele a arrancou do salão com violência enquanto os demais ali no baile assistiam sem fazer nada. Arrastada pelo caminho em direção à casa, Marie conseguiu por um instante se soltar dos braços do homem violento e correu sem saber por onde ia... Deparou-se com o rio e se viu sem saída. Seu noivo apareceu. Os dois sumiram nas águas do Paracauari.

Nesse momento da encenação, a ministra Malvarez Goizadeira começou a achar que aquilo tudo era indecente e imoral.

Atrás do palco Maria Fifi escutava cada pensamento da plateia e sorria maldosamente, ansiosa pelo momento alto do espetáculo.

No palco, a peça continuava com a cena da missa de sete dias da morte de Marie. As rezadoras da ilha rezavam um terço para lembrar a moça. De repente, as mulheres viram parada diante da porta uma mulher vestida como Marie – saia de chita rodada e blusa curta deixando ver seu umbigo – e com um aroma exalante igual ao de Marie. Perplexas, elas não conseguiram se mover. Sua mãe tentou falar algo, mas a moça atravessou a parede e desapareceu.

Algum tempo depois, os homens da ilha passaram a narrar visagens de uma moça bela e cheirosa. Os que tentaram alcançá-la foram achados dias depois, perdidos no manguezal. Alguns simplesmente sumiram.

Diz-se na ilha que a moça seduz os homens com seu perfume, leva-os para lugares distantes e escuros no mangue e lá, os faz adormecerem...

* * *

Nesse momento, as cortinas se fecharam. As luzes do palco e da plateia se apagaram. Os espectadores ficaram assustados, mas quietos acreditando que tudo era parte do espetáculo, afinal, desde Bertold Brecht, os palcos nunca mais foram os mesmos. Não que os espectadores ali presentes soubessem quem foi Brecht, mas porque entediam que é normal interagir com o público!

De repente, as cortinas se abriram novamente. Uma mulher apareceu no palco. Suas vestes sensuais deixavam a vista seu belo corpo.

Na plateia, os homens se levantaram. O ex-presidente Temeroso, o atual presidente Cloronald, o ex-juiz [Ministro da Lei e da Ordem da cidade e do país!] Serenus-Mor, o deputado Laercio Snow, entre outros da cúpula, começaram a estremecer. A mulher cheirosa desceu a escadinha do palco que dava em direção à plateia. Os homens se atropelavam para alcançá-la, mas ela escapava deles como um vulto. A situação se aglomerou quando as mulheres dos proeminentes ficaram indignadas com o comportamento de seus respeitáveis maridos. A ex-primeira-dama, Vera Marmela, chorava indignada. Todas as mulheres ficaram irritadas e passaram a proferir ofensas à Mulher Cheirosa. Diziam que a peça era desrespeitosa, que aquilo se tratava de magia negra, macumba etc. A ministra Malvarez começou a pregar, dizia que aquilo era indecência, imoralidade, forças do mal querendo dominar os homens de bem e começou a fazer orações e a convocar os homens para encontrarem Jesus no cimo de uma mangueira que estava instalada ali no palco para que se livrassem da tentação de desejar aquela Mulher pecaminosa! Mesmo assim, os maridos estavam seduzidos pelo perfume que exalava do corpo da Mulher Cheirosa.

A situação ficou incontrolável quando, sem mais nem menos, os homens começaram a se contorcer como se sentissem dores pelo corpo.

Começou pelo ex-presidente Temeroso. O homem velho parecia estar envampirecido. Se contorcia, colocando as mãos na costa ou no rosto, nas pernas, nos braços. Tentava se defender de algo que não podia ver. Depois foi a vez do deputado Laercio Snow que ninguém sabia se estava assim pelo cheiro do pó branco que esvoaçava de seu terno preto ou se também estava possuído por alguma coisa. O homem enlouquecido saiu correndo e tropeçou indo ao chão!

Finalmente, foi a vez de Cloronald que levou exatamente 250 chibatadas! Contorcendo-se de dor, ele correu em direção à porta de entrada do teatro. Queria chegar à porta, mas deparou-se com um vaso marajoara enorme no meio caminho, e de dentro do vaso – que continha um lindo pé de Tajá verde – saiu um caboclo índio de estatura e largura assustadora e Cloronald e os demais que o seguiam, recuaram e voltaram para plateia.

Todos relatavam sentir como se alguém os chicoteasse. Era uma surra que vinha não se sabia de onde. Quando pegava em um, os outros só podiam observar apavorados. Até a primeira-dama não escapou de umas boas chibatadas.

Focos de luzes acendiam conforme a surra mudava de vítima. *Isso é magia negra!* Gritou Malvarez e, logo, a surra começou a torturar o corpo da pregadora que continuava a desferir impropérios ao que supunha ser um ritual profano. Ela correu para subir na mangueira que estava no palco. Correu para trepar, mas tropeçou numa ilusão e foi de cara no chão, onde se contorcia horrorosamente por causa das chibatadas.

Indignadas e apavoradas, as pessoas começaram a implorar por socorro. De repente, uma porca gigante saiu de dentro do palco e invadiu a plateia atacando as pernas de todos. Mais surras e correria, *a plateia se tornou o palco de um grande espetáculo*. Atrás do palco, Maria Fifi e Miguel Miguelão se deitavam no chão de tanto rir da peça encenada pelos representantes proeminentes na plateia, e que corriam de um lado para outro como baratas tontas.

9

A LENDA DO PRETINHO DA BACABEIRA

Reza a lenda que na ilha de Soure, capital do arquipélago do Marajó, viveu um casal de portugueses que se alojou próximo ao igarapé da Bacabeira. O esposo era fazendeiro e viajava bastante. A mulher que ficava muito tempo só, se encantou por um serviçal negro e acabou engravidando do rapaz. Quando mais tarde deu à luz, veio ao mundo uma criança negra. A parteira – a mando de sua senhora – abandonou o bebê às margens do rio Bacabeira. Mas o menino sobreviveu de uma maneira misteriosa e inexplicável. E construiu seu reino no fundo do igarapé *Taucu*, também chamado de *Gruta ou Igarapé da Bacabeira* que fica em frente à praça Nheengaíba na ilha de Soure.

No lugar costumava existir uma árvore de Bacabeira, cujo tronco oco, dizem ser a morada do menino que pela a estatura pequena ficou conhecido na cidade de Soure como o Pretinho da Bacabeira. Por não gostar de muita conversa, o Pretinho – sem ser visto – dá bofetões e socos até derrubar o caboclo que passa pela sua morada falando mal dele. As pessoas que por ali passam costumam deixar garrafas de cachaça de presente ao Pretinho para evitar serem surradas por ele. Os moradores contam que no dia seguinte, a garrafa aparece vazia e lacrada. Dizem, ainda, que um certo prefeito mandou aterrar o local onde era o rio Bacabeira e levou um pajé para pedir licença ao Pretinho para executar o serviço. A Bacabeira foi tirada do local que foi aterrado, mas o Pretinho ainda vive por lá e à noite aparece para surrar quem não o respeita ao passar pelo local.

10

O DIA SEGUINTE...

Os jornais estampavam, nas primeiras páginas, fotos dos proeminentes correndo pelas ruas da cidade de Brasília, se debatendo, se esbofeteando e batendo no nada. As manchetes eram quase sempre as mesmas: *rituais satânicos no teatro Cláudio Santoro, espetáculo diabólico no Cláudio Santoro, Bruxarias ou orgias? O uso de substâncias alucinógenas e o envolvimento de proeminentes da cúpula do governo em espetáculo diabólico no teatro Cláudio Santoro* etc. Alguns vídeos foram feitos e divulgados em redes sociais e até na televisão.

Uma denúncia foi feita para que se investigasse os responsáveis pelo teatro e pela apresentação da peça. A polícia, no entanto, só tinha como provas, as fotos e vídeos dos espectadores se estapeando e estapeando o ar, na saída do teatro. De todo modo, o diretor do teatro foi indiciado a responder na delegacia. Uma equipe da polícia foi enviada ao teatro para interrogar os funcionários.

Chegando ao local, o delegado e sua equipe acharam o teatro todo revirado. Cadeiras derrubadas e o palco cheio de móveis velhos e empoeirados. Na plateia duas pessoas cuidavam da faxina. O delegado exigiu que parassem a limpeza e fossem para fora do teatro. Um detetive os acompanhou para tomar seus depoimentos. A sala da administração estava totalmente revirada e a secretária de Benedito se encontrava sentada numa cadeira, lamentando o ocorrido. Sua assistente recolhia papéis e objetos do chão. O delegado perguntou o que havia acontecido. As mulheres disseram que não tinham a menor ideia!

– Ligue para o seu patrão, ordenou o delegado.

– Eu já liguei várias vezes, mas ele não atende. Parece que viajou para a Europa. O responsável pelo espetáculo é o sr Benedito, disse a secretária.

– E onde está o sr Benedito?

– Ora, na delegacia, eu suponho! O sr. o prendeu, lembra-se?

– Sim, mas ele pagou fiança e saiu no dia seguinte! Você tem o endereço dele?

– Sim, mas não adianta ir até lá, pois o sr Benedito foi internado num hospital psiquiátrico com problemas sérios de alucinação. Ele alega ver visagens e assombrações desde o dia em que saiu da prisão, o coitado! Disse a assistente da secretária.

– Quem responde, então, na ausência dele?

– Eu! Mas não tenho nada a ver com o que aconteceu ontem aqui no teatro. Eu nem sequer estava aqui! Os funcionários dizem que não viram nada! De repente, as portas do teatro se abriram e as pessoas saíram correndo feito loucas, estapeando-se incontroladas!

– Mas quem estava responsável pelo espetáculo não viu nada? Digo, luzes, som, maquiagem etc. Como ninguém viu nada?

– Meu caro delegado, o espetáculo todo estava sob o comando e organização da equipe do sr M.B. Apenas os seguranças do teatro estavam trabalhando, mas permaneceram o tempo todo do lado de fora. E como eu lhe disse, só viram as portas se abrirem e os espectadores saírem correndo.

– E quem é esse tal de M.B.?

– Como vou saber? Eu não o conheci!

– Mas ele não assinou um contrato? Não houve uma reunião e uma aceitação ou negociação sobre o espetáculo?

– Parece que houve sim! Mas não vi esse senhor M.B. pessoalmente. O Sr se lembra do dia em que o Bene surtou? Aquela mulher, como chama mesmo?! Maria Fafi. Ou seria Maria Pafi?! Bom, enfim, essa mulher trouxe o cartaz do espetáculo. Eu não lembro bem da foto, mas havia um menino negro, uma porca gigante e uma cobra de um olho só! Achei estranho, mas nesse âmbito do teatro tudo é estranho. O fato é que o Sr. Constantino disse, por telefone, que havia concordado com o evento e aquele homem de chapéu, o tal de Miguel com um tapa olho, apresentou um documento com a assinatura do sr Constantino. E foi tudo esclarecido, apesar de Benedito não concordar e surtar e lhe ofender, até o senhor o prender, lembra-se disso?

– Sim, claro que me lembro! Mas se há um documento, então onde ele está?

– Aí que está! Eu já procurei em todo lugar e não o acho. Aliás, quando cheguei essa manhã, vi tudo revirado. Creio que o teatro foi roubado.

– E os cartazes? E como foi feita a divulgação do evento?

– Os cartazes sumiram e nas redes sociais não há nada sobre o assunto! Acho que era tudo Fake News!

– Como assim, Fake News?! Não creio que ninguém viu esses artistas e nem esse tal de M.B.? E as câmeras? Eu suponho que há câmeras no teatro, não?

– Sim, claro!

O delegado chamou um policial e pediu que retirasse as câmeras e verificasse a central de gravação. Em seguida, chamou os funcionários. Os dois faxineiros e os dois seguranças, mas eles não sabiam de nada e não viram absolutamente nada! O teatro estava vazio e revirado quando eles chegaram naquela manhã. Os seguranças dizem ter saído correndo quando viram as pessoas saírem loucas pela porta do teatro. Um dos seguranças que havia filmado com o celular, não apareceu no dia seguinte no teatro e não atendia às ligações e nem se encontrava no seu endereço registrado.

Para o delegado, o Constantino era o responsável por tudo aquilo. Resolveu, então, ir até o apartamento 113 verificar se realmente não estava lá.

Uma equipe se dirigiu para o local. Ao chegarem no endereço tudo parecia vazio e abandonado. Na portaria não havia porteiro e o elevador não funcionava. Sorte que era no primeiro andar. Ao tocarem a campainha, não houve resposta. Resolveram arrombar. Os policiais entraram armados e vasculharam cada quarto, mas não viram nada. Havia móveis, mas nenhum sinal de pessoas. O delegado ordenou que vasculhassem cada canto, minuciosamente. Bateram paredes e revistaram armários em busca de esconderijos, mas nada foi achado, apesar de sentirem que havia pessoas ali.

O delegado procurou nos outros apartamentos, mas os vizinhos não sabiam nada sobre o morador do 113. Sabiam que tinha alguma coisa a ver com teatro, mas não o viam com frequência. A vizinha do apartamento 117, disse que ouvira barulhos de coisas quebrando e vozes discutindo que vinham do apartamento 113. O delegado não deu muito crédito, pois a mulher parecia ter problemas de audição e sinais de demência.

Na saída do prédio, o delegado encontrou com um casal. Era o porteiro e sua esposa Maruska que havia desaparecido por uns dias, mas estavam de volta. O delegado os interrogou, mas ambos disseram não ter visto nada de estranho no apartamento 113 e que o sr Constantino havia viajado para a Europa há algumas semanas, para longas férias.

Após a saída do delegado e sua equipe, Miguel chegou ao prédio. Foi direto para o apartamento de Maruska e seu marido, o porteiro. O apartamento ficava no térreo. Ele os presenteou com uma mala cheia de notas de cem reais. Em troca deveriam manter silêncio sobre a presença de moradores no apartamento 113. Maruska agradeceu e disse que ninguém jamais saberia de nada. E ainda o alertou sobre a velha do 117 que andou falando coisas ao delegado. Miguel agradeceu e saiu. Ao subir para o apartamento 113, ele resolveu seguir adiante e fazer uma visita à moradora do 117...

11

A FUGA DO TEATRO

No dia do espetáculo – logo após os convidados saírem desesperados se contorcendo e se debatendo – os integrantes do grupo de teatro saíram por uma porta lateral do teatro, desceram a rampa, Miguel, Maria Fifi, Marie e Joana, e entraram num carro chamado por Miguel através de um serviço de aplicativo. Embarcaram e Miguel pediu que o motorista os levasse para a praça dos três poderes, onde haviam combinado de encontrar M.B. assim que ele terminasse de se divertir surrando os proeminentes do governo.

Após surrar bastante seus convivas, o Pretinho da bacabeira se esgueirou de canto e avistou uns arbustos logo ali perto do teatro e em questão de segundos, o Pretinho da bacabeira entrou nos arbustos como pequeno e invisível e saiu como um homem de uma bela envergadura, usava um terno preto, sapatos bem engraxados e um enorme casaco preto. Ele segurava na mão esquerda uma mala executiva e na outra uma bolsa cheia de charutos cubanos e cachaças de pinga de marcas caras que foram dadas pelos espectadores no teatro. Depressa, M.B. se dirigiu para a pista onde passavam os carros, quando de repente avistou um e acenou. O motorista abaixou o vidro e disse que já estava aguardando um cliente.

M.B. tirou do bolso três notas de cem reais e mostrou ao homem que, imediatamente, abriu a porta.

M.B. entrou e mandou que seguisse ali para as bandas do cemitério Campo da Esperança. O motorista ganancioso pelo dinheiro começou a puxar assunto. Disse que estava à espera de um cliente antigo, na verdade, um amigo, mas já que estava demorando muito, então, poderia fazer outras corridas para garantir um extra.

Curioso, M.B. perguntou ao homem se estava esperando alguém que tinha ido ao teatro. O homem respondeu que sim.

– Mas como sabe? perguntou o motorista!

– Estive no teatro agora pouco e as coisas não estão nada bem por lá! Algumas pessoas saíram correndo de dentro do teatro. Pareciam desequilibradas. Acho que estavam usando drogas e fazendo orgias sexuais quando as portas se abriram e todos saíram correndo como loucos, se debatendo!

– O mundo anda louco! Disse o motorista. E continuou: –com essa onda de comunistas pelo mundo! O globalismo e essa tal de ideologia de gênero têm acabado com a juventude! Mas isso tudo vai acabar, pois o presidente Cloronald representa a família tradicional brasileira. Eu conheço bem seus filhos. São tudo gente boa! Trabalho para eles há anos! Nunca falharam comigo! Mas diga-me o sr é de onde mesmo?

– Como sabe que não sou daqui?

– Ora, o sr vai me desculpar, mas pretinho assim! Só pode ser do Nordeste, né?

– Errou! Sou do Norte! E riu-se muito M.B. que deixou o homem sem graça.

– Do Norte? Mas que longinho, hein! De que lugar do Norte o sr vem? E o que faz aqui por esses lados do país?

– Longinho? Bem, vocês também estão bem longinhos, no nosso ponto de vista! Mas, respondendo à sua pergunta, sou da ilha do Marajó. Vim a negócios nessa cidade. Afinal, Brasília é uma cidade de negócios, não é... sr.. Qual é mesmo o nome do senhor?

– Perdão, esqueci de me apresentar, meu nome é Laurindo Munhoz! O senhor tem razão! Aqui são feitos e desfeitos muitos negócios! E que negócios o senhor veio fazer?

– Negócios com laranjas! Disse M.B. rindo-se muito.

– O motorista já meio desconfiado, olhou pelo vidro retrovisor e teve medo da risada medonha de M.B que estava sentado no banco de trás.

– Mas que lugar mesmo o senhor vai? Ali perto do cemitério não há hotéis!

– Ah não se preocupe porque pretinho assim como eu, não poderia ser a loira do táxi, né?, disse M.B. debochando do medo que emanava de Munhoz. E os dois homens riram-se, porém o riso de Munhoz era amarelo de medo!

– Estou indo buscar o carro que aluguei esta manhã. Gosto de dirigir, mas como não conheço bem a geografia de Brasília, acabei me perdendo esta manhã. O GPS não ajudou muito, então acabei indo parar no cemitério. Como estava atrasado para a reunião, liguei para o empresário com quem deveria me encontrar. Expliquei o que houve e ele foi muito gentil e mandou seu motorista me buscar. Depois fui conhecer essa cidade arquitetônica e quando me dei conta já estava ali no teatro. Pensei em assistir ao espetáculo da noite, mas os ingressos já estavam esgotados. Uma pena! Parece que eram artistas do Norte fazendo uma temporada de espetáculos aqui em Brasília.

– É verdade! Meu patrão comentou que iria com a família assistir a esse espetáculo. Parece que são artistas proeminentes. Mais o senhor dizia que houve confusão na saída do teatro? Quem eram as pessoas que pareciam drogadas?

– Bem, vi algumas pessoas correndo, mas não se preocupe porque não eram da família do seu patrão.

– Eu imagino que não, pois são gente de bem e não se envolvem em atos ilegais!

– Mas é claro que não!, disse M.B. – E que mal lhe pergunte, que tipo de negócios o senhor tem com os filhos do presidente?

– Ah, sou um amigo de longa data. Os Cloronalds sempre me ajudaram quando precisei, desde então, sou o motorista deles, mas ultimamente tenho feito umas corridas extras com o carro, pois estão me devendo algum dinheiro. Mas uma hora eles pagam!

– Entendo! Ah, por favor, encoste aqui, já estamos perto. É aquele carro logo ali.

– Mas o sr não quer que eu o espere? Aqui é escuro e pode haver algum perigo.

– Ah não se preocupe! Aqui só habitam os mortos e eles não falam! Ademais, já estou familiarizado com o lugar. Aqui está seu dinheiro. Volte com cuidado para buscar seus clientes! Tenha uma boa noite!

M.B. saiu depressa do carro e sumiu na escuridão.

Sentido um arrepio, Munhoz enfiou o dinheiro no bolso e fez a ré para retornar à avenida principal. A certa altura do caminho de volta, ele – contente com os trezentos reais que recebeu pela viagem – enfiou a mão no bolso da jaqueta para tocar o dinheiro, mas quando pegou, sentiu algo estranho nas notas. Quando tirou e olhou viu que eram folhas de urtiga e danou-se numa coceira nos dedos. Jogou longe o dinheiro-folha e na agonia para coçar os dedos, tirou a outra mão do volante, o veículo se desequilibrou e saiu da pista, entrando numa área de gramado, desabitada, cheia de árvores e com pouca luz. Não havia pessoas na região. O local era a antiga piscina com ondas, onde se diz que pessoas morreram afogadas e ainda hoje se escuta os gritos de socorro delas. Munhoz xingou M.B. [aqui palavras inoportunas], enquanto coçava os dedos severamente. Após um certo alívio e muitos xingamentos, tentou ligar o carro e sair daquele lugar a ermo. Contudo, o veículo estava atolado em lama movediça que ninguém sabe como foi parar misteriosamente naquele lugar. Munhoz tentou sair do carro, mas a porta estava emperrada e o carro afundava lentamente na lama, o homem gritou desesperado, mas como não havia alma viva na região, ninguém viu ou ouviu o sumiço do Munhoz!

12

A VINGANÇA DE MARUSKA

No edifício Guarujá Tri-palace, Maruska e seu marido preparavam as malas para partir numa viagem para a Disneylândia. Queriam realizar o sonho das crianças de conhecer o Pateta e sua turma nos EUA. No entanto, Maruska não pretendia levar seu marido junto, pois o sujeito vivia enrabichado por qualquer rabo de saia que passava à sua frente.

Quando esteve presa na despensa da cozinha do apartamento 113, Maruska presenciou seu marido beijando Maria Fifi. Os dois ficaram ali por horas, em cima da mesa, do fogão, da pia... Maruska nada podia fazer, pois suas ações estavam congeladas, mas seus pensamentos não.

Foi arquitetando como se vingaria do marido. Passou a enviar mensagens para que Maria Fifi captasse seus pensamentos, e, assim, solicitou um encontro com M.B.

Disse estar disposta a se aliar aos seus planos e que ajudaria a acobertar qualquer crime.

– Estou à disposição para ajudar no que for preciso. Conheço todos aqui no Guajará Tri-Palace. Posso muito bem vigiar e informar sobre qualquer fofoqueiro ou qualquer visita indesejável. Também posso cuidar da limpeza do apartamento do sr Constantino, digo, do sr M.B.!

M.B. parecia indeciso sobre a proposta de Maruska. Miguel – já desejando transformá-la no seu próximo jantar – dizia que era melhor se livrar da mulher. No entanto, Maria Fifi intercedeu por Maruska e disse que poderia ser de utilidade em algum momento precioso. Marie e Joana também concordaram.

M.B. decidiu aceitar a proposta e ofereceu dinheiro para que ela e o marido mantivessem a boca calada e informassem sobre qualquer coisa suspeita no condomínio. Sem saber a procedência do dinheiro, Maruska aceitou a proposta e não teve dificuldades em convencer o marido que, ao ver a mala de dinheiro – ficou de queixo caído e concordou com tudo.

Maruska fingiu não saber do ocorrido na cozinha. Durante o tempo que trabalhou no apartamento 113, se aproximou de Maria Fifi e as duas ficaram amigas. Maria Fifi aconselhou Maruska a se divorciar de seu marido, pois não era a primeira vez que ele a enganava e fazia isso com muitas outras mulheres que conhecia.

As mulheres decidiram armar um plano para dar um flagrante no sujeito. Marie desceu até a portaria para reclamar com o marido de Maruska que a água do chuveiro estava fria. O homem subiu até o apartamento para verificar. Marie com seu perfume enfeitiçador o conduziu até o banheiro. Quando entraram – impelido pelo desejo e pelo perfume da mulher Cheirosa – ele quis agarrá-la. Maruska abriu a porta e o flagrou tentando beijar Marie que saiu imediatamente do banheiro. O homem tentou se explicar, mas Maruska fechou o box e Maria Fifi entrou no banheiro e o imobilizou com seu olhar. De repente, a água começou a subir e cobrir o corpo do homem. Sua morte por afogamento foi lenta. Ninguém mais usou aquele banheiro. Decidiram deixar trancado e com o corpo afogado no box boiando na água.

Maruska alugou um carro que pagou com o dinheiro recebido pelos seus serviços à trupe de M.B. Pegou a estrada e foi para o Rio de Janeiro. No caminho, tomou um banho de salão de beleza e roupas caras. Queria chegar no Rio uma outra mulher. Maria Fifi a aconselhou a não ficar muito tempo no Brasil e a mudar de identidade e de aparência sempre que repassasse o dinheiro recebido. E disse mais: assim que chegasse aos EUA, não teria mais problemas com as notas falsas, pois elas se transformariam em dólares verdinhos e valiosos. Maruska comprou muitos óculos e perucas para não ser reconhecida. Dali a uma semana, com suas duas filhas, ela embarcou para os EUA. Foram conhecer a Disney e dando uma banana, nunca mais voltaram ao Brasil.

* * *

Enquanto isso, a polícia seguia pistas de denúncias de dinheiro falso. As vítimas – donos de lojas de carros, de roupas, de supermercados e conveniências etc. – reclamaram que após algumas horas do pagamento, só apareciam folhas de ortiga nos caixas e as mãos dos recebedores ficavam em carne viva de tanta coceira.

As câmeras de segurança dos locais foram todas revistadas muitas vezes, mas não se via absolutamente nada e tampouco se via alguém com as descrições dadas pelos donos dos estabelecimentos. O delegado começava a suspeitar de magia, macumba ou coisa parecida. Talvez algum grupo terrorista etc. Os muitos retratos falados de Maruska foram enviados para todas as delegacias do país. Tratava-se de uma quadrilha de mulheres feiticeiras que usavam algum tipo de magia para passar folha de urtiga como sendo dinheiro? Pensava o delegado ao escrever seus relatórios.

13

BENEDITO NO HOSPÍCIO

No hospício, Benedito recebeu a visita do delegado que desejava solucionar o caso das orgias no teatro. As pessoas na cidade comentavam que tudo aquilo só podia ser efeito de drogas pesadas que os jovens usavam nessas universidades públicas que promovem orgias sexuais. Só podia ser!

O delegado, no entanto, queria investigar. Ao chegar ao hospital psiquiátrico, encontrou Benedito que estava sedado. Estava sempre sedado, pois tinha surtos constantes. Dizia ver o Diabo em pessoa e que era negro e tinha uma risada medonha! Falava de porcas gigantes, anacondas de um olho só. Dizia sentir cheiros extravagantes de perfumes de ervas. Ou de quando em quando, dizia que uma mulher velha lhe aparecia em sonhos e o imunizava fisicamente.

Os médicos diziam que era caso de transtorno bipolar, esquizofrenia esclerótica e esdrúxula! Devia permanecer internado para sempre, pois não tinha salvação!

O delegado pediu para falar com ele. Os médicos permitiram uma conversa rápida. O delegado quis saber, então, se Benedito se lembrava da figura de M.B.? Se o tivesse visto alguma vez? E quem eram os demais atores da companhia? Quantos são? Como se chamam de fato? De onde vêm? Endereço? Documento? Qualquer informação. Mas Benedito permanecia parado, de braços entrecruzados no seu próprio corpo e olhava pela janela, para o nada.

Até que de repente viu sair de dentro da copa das árvores, uma porca enorme, montada por uma serpente gigante que tinha uma barriga enorme. A porca voava em direção à janela e quando se aproximou, parou diante da vidraça e de dentro da cobra saiu Constantino todo sujo de uma gosma da barriga da cobra e disse:

– Morri! Venha ao meu enterro amanhã às 9h no cemitério Campo da Esperança!

Benedito gritou desesperado apontando para a janela e dizendo o nome de Constantino repetidamente. O delegado o segurava e olhava para a janela, mas nada avistava. Os enfermeiros vieram e sedaram Benedito. O delegado queria continuar o interrogatório, mas os médicos proibiram.

Na saída, uma enfermeira alcançou o delegado e disse que Benedito recebia, vez por outra, a visita de um homem negro, alto, vestindo terno e usando um casaco preto. O delegado tomou nota de tudo e, dando à mulher um cartão, pediu que o avisasse assim que o tal sujeito aparecesse.

14

No apartamento 113

No apartamento 113, as coisas iam bem. M.B. decidiu ficar em Brasília. Pensava em se candidatar para presidente.

Marie dava festas quase todos os dias e isso provocava barulho e reclamações dos condôminos. Com a partida de Maruska – e seu marido afogado no chuveiro – não havia como controlar a vizinhança fofoqueira. Uma denúncia foi feita e a polícia foi até o Guajará Tri-Palace investigar as reclamações.

Os vizinhos diziam ouvir batucada à noite toda. Algumas idosas aposentadas que viviam nas janelas a bisbilhotar a vida alheia, informaram ter visto criaturas abomináveis usando capuzes e com olhos vermelhos, olhando pela janela. – Provavelmente drogados e alcoolizados! Afirmou uma delas, aterrorizada! Gritos medonhos, risadas escandalosas e gemidos estranhos foram relatados por moradores do Guarujá Tri-Palace e por vizinhos de prédios ao redor.

Várias ligações foram feitas para o apartamento 113 e vozes estranhas e risadas medonhas eram ouvidas do outro lado da linha.

Os policiais chegaram ao local novamente. Interfonaram, mas ninguém atendeu. Uma moradora guiou os policiais até a porta do local. Tocaram a campainha diversas vezes, mas ninguém respondia. O delegado designou uma equipe e resolveu ir junto dessa vez, pois começava a ligar os acontecimentos no teatro com as notas falsas e as histórias dos vizinhos do Guarujá Tri-Palace.

Como não tinham mais informantes, M.B. e Marie acordaram às pressas com o chamado de Maria Fifi que – devido ao seu poder de ver à distância e ouvir pensamentos – pressentiu os policiais chegando ao prédio. Mais que depressa, ela acordou M.B., Marie e depois chamou Miguel.

M.B. colocou sua capa e todos entraram nela. Estavam prontos para desaparecer quando Marie perguntou:

–Onde está Joana?

– Maria Fifi correu até a cozinha para chamá-la. Estava no armário roncando. Se irritou com a chacoalhada que Maria Fifi lhe deu. Nesse instante, a porta da sala foi arrombada. Maria Fifi saiu pela janela e se apoiou no parapeito, abriu suas asas negras e saiu voando. M.B. apareceu com sua capa, próximo à janela. Aguardaram Joana que não apareceu. Infelizmente não podiam esperar mais e saíram voando invisibilizados pela capa de M.B.

A polícia entrou atirando balas de borracha na porca gigante que viram em cima do armário. Joana – sem saber muito bem o que acontecia – danou-se a pular de armário em armário, tentando escapar das balas. Entrou num deles e de lá atirava na direção dos policiais os objetos que tinha à mão. Viu um vidro de pimenta em pó e arremessou na direção deles. Os homens começaram a coçar os olhos e a espirrar. Joana conseguiu pular do armário para a pia e dali para o chão, foi passando por entre as pernas dos sujeitos e mordendo seus calcanhares. Conseguiu escapar. Mas chegando até a sala, mais policiais vasculhavam o local. Quando viram a Porca, ficaram parados olhando o animal que também ficou parado esperando para ver o que ia acontecer. De repente, um dos homens que estava na cozinha apareceu e gritou:

– Prendam esse animal! Peguem uma rede! Tumulto e correria, a Porca correu para o sofá, subiu na mesinha ao lado e escalou uma estante. Os homens atiravam balas de borracha, mas Joana se esquivava. Até que já muito cansada gritou:

– Chegaaaa! Mas porque, afinal, vocês querem me matar?! Ao caso, não sabem que sou o símbolo da fecundidade e da abundância e princípio feminino da reprodução? Os sujeitos pararam e se entreolharam espantados.

Um deles, então, respondeu:

– Sendo assim, vamos levar você para um churrasco!

E eu serei o churrasco ou comerei o churrasco? Respondeu Joana, com a pergunta.

Um dos policiais cochichava para o outro, dizendo que fosse pelo outro lado e jogasse a rede no animal quando ele pulasse. Joana percebendo o movimento perigoso, desafiou os homens para uma luta e disse que se perdesse se entregaria ao sacrifício do abate. Mas se ganhasse, eles seriam o churrasquinho, afinal somos de carnes muito parecidas! Disse a Porca rindo.

O sujeito que parecia ser o chefe dos policiais concordou com Joana, e disse:

– Então venha até o chão e lutaremos. Só você e eu.

– Abram caminho que vou pular, disse Joana.

Os homens abriram para o lado e a Porca avistou o lustre e saltou segurando-o, mas o objeto cedeu e escorregou um pouco com o peso de Joana que balançou até o outro lado da sala. Quando voltou da balançada, estava ferida. O homem havia feito um golpe com uma faca nas nádegas de Joana. Mas ao invés de sangue, o que escorria de seu corpo era gordura e muita gordura que no balanço do lustre jorrava como uma cachoeira em cima dos homens. Nesse instante, a janela imensa de vidro da sala se quebrou e quem varou por ela foi uma mulher pássaro de asas negras que se abriram sobrevoando em direção à Joana que logo que viu, se agarrou no pescoço da ave e disse:

– Matinta Perêra me salve! Esses homens querem me matar!

– Segure-se firme!, respondeu Maria Fifi que, em forma de pássaro, voou até a cozinha enquanto os homens se limpavam da gordura que os cegava. Maria Fifi arrancou o cano do gás e acendeu o fogão. Joana pegou um pano, ensopou de gordura do seu corpo e acendeu no fogo.

Se pendurou nas costas de Maria Fifi e voltaram para a sala. Os policiais ainda se limpavam quando Joana jogou a tocha de fogo que rápido se espalhou na gordura que cobria os homens. Logo, eles começaram a arder em chamas e a se jogarem no chão.

Com Joana pendurada em suas costas, Maria Fifi saiu voando pela mesma janela por onde entrou. Um dos policiais ainda conseguiu correr com o corpo em chamas até o banheiro cuja porta estava trancada. Quando conseguiu derrubar a porta, uma onda enorme de água escorreu e o corpo do porteiro que estava preso há dias, escorreu com a água. O cadáver já em decomposição derretia como lama e fedia muito. Com as chamas apagadas pela água, o policial se levantou gritando e sentido nojo do cadáver, voltou correndo até a sala, mas nesse instante, houve uma explosão enorme e o apartamento todo se decompunha como o cadáver. Moradores gritavam Fogo! Fogo! Uma multidão se juntava na rua e gritava desesperada, pedindo que chamassem os bombeiros. Moradores de outros andares desciam as escadas do Guarujá Tri-Palace. Alguns se jogavam pelas janelas em total desespero. O apartamento não existia!

15

Hora da balbúrdia

Após a invasão no apartamento 113 do Guarujá tri-Palace, M.B. e parte de sua trupe escondida na sua capa, aterrissaram num beco após um longo sobrevoo pela cidade de Brasília. Por mensagens de Telegramopatia, Maria Fifi e Joana os encontraram no mesmo beco. Maria Fifi disse que precisava cuidar do ferimento de Joana. Fez um torniquete para que parasse de escorrer gordura, mas precisava de algumas ervas para curar totalmente.

Descobriram que existia um Mercado Municipal e foram até lá em busca de algumas ervas para fazer um curativo.

Na entrada do Mercado, havia uma catraca e um segurança que parou M.B. e seus amigos.

– Animais não são permitidos neste recinto!, disse o segurança.

– Animais? Onde o sr está vendo animais aqui?! perguntou Maria Fifi em voz alta e severa.

– Ora, e esta porca aí atrás deste negão?! Respondeu o homem com arrogância.

A discussão chamou a atenção das pessoas no local que olharam para verem o que acontecia.

– Como se atreve a ofender a mim e a minha amiga! Disse M.B. afastando-se para o lado, deixando que todos vissem Joana.

O homem não entendeu nada e por instantes ficou confuso. Tentou resmungar palavras do tipo: não pode ser! Eu juro que vi uma porca... Devo estar louco!...

– Deixe-nos entrar ou eu o denuncio por racismo e gordofobia! Exclamou M.B.

O sujeito pediu desculpas e liberou a entrada. Passaram a catraca e Joana, entrando por último, rebolou seu belo traseiro farto e redondo na direção do segurança que desejava expulsá-la dali, mas nada podia fazer, pois todos o olhavam.

A trupe entrou e observou bem o local. Maria Fifi foi em busca das ervas para fazer um curativo no ferimento de Joana. Marie cheirava tudo o que via e de repente viu uma barraca que vendia coisa exóticas e mostrando a Maria Fifi, disse:

– Olha que coisa interessante! Farofa de soja sabor pica! Será que tem cheiro e gosto de pica?

– Ora, depois dizem que a balbúrdia está nas Universidades!, exclamou Marie.

– Será que funciona igual aos nossos produtos do Ver-o-Peso em Belém?, perguntou Maria Fifi.

– Quais são os do Ver-o-Peso?, perguntou a vendedora.

– Ah, temos uma variedade de perfumes, banhos e essências. Por exemplo, o mais famoso é o Xiri-da-Bôta (também conhecido como Buceta-da-Bôta ou, como querem hoje em dia doutrinar o vocabulário, chamam de Sexo-da-Bôta! O que não deixa de ser verdade, mas eu prefiro mesmo é chamar de Xiri-da-Bôta! Tem também o "Lambe pinguelo", "lambe cu", "queira não queira, vai ter que me querer!", "amansa corno", "chora nos meus pés", "chora na minha buceta", "atrativo da perseguida", "atraca", entre tantos outros elementos que conservam os segredos da Amazônia e que são cultivados por gerações de Mulheres cheirosas da feira do Ver-o-Peso, e que vendem com alegria, entusiasmo e fé suas ervas aos clientes. E garanto a você que é tudo verdade!

Maria Fifi comprou uns três pacotes da farofa de soja sabor pica para testar na feira do Ver-o-Peso.

M.B. foi logo experimentando umas cachaças e uns charutos. Miguelão e Joana foram andar e debochar das pessoas e das coisas do local. Os frequentadores do mercado e os vendedores olhavam estranho para M.B. e seus amigos que quanto mais sentiam que incomodavam, mais faziam para incomodar.

Chegaram nas barracas de comidas e bebidas e Joana disse:

– Não queres provar desse charque, Miguelão?

– Eu prefiro o turu atrás do balcão! Respondeu ele e riram-se muito. As pessoas que ouviam não entendiam as piadas.

De repente, Joana pegou uma maçã e deu uma mordida. A dona da barraca perguntou se tinha dinheiro para pagar. Miguelão tirou algumas notas do bolso e os olhos da mulher cresceram e cobrou a mais pela fruta. Miguelão deu uma nota de cem e disse que podia ficar com o troco. A mulher gananciosa enfiou o dinheiro no bolso que mais tarde lhe causou uma boa coceira.

M.B. disse que estava com fome. Foram até o restaurante ali perto do mercado e sentaram-se a uma mesa que estava vaga. Marie e Maria Fifi se juntaram a eles. A garçonete se aproximou e pediu para ver se tinham dinheiro para pagar.

– Como se atreve a nos ofender com essa pergunta?, disse Maria Fifi que se levantou querendo paralisar a garçonete.

– Acalme-se, Maria Fifi, disse Marie. E continuou:

– Não se preocupe moça, temos dinheiro para pagar!

A garçonete insistiu que gostaria de ver o dinheiro, pois não acreditava em estrangeiros e se não pagassem a conta, ela teria de assumir o golpe, pagando de seu próprio bolso.

– Que absurdo duvidar da dignidade dos clientes! Somos artistas! Não golpistas! Exclamou Miguel Miguelão se levantando da cadeira.

M.B. olhou para Miguel Miguelão e pediu que mostrasse à moça o dinheiro. Ele tirou uns rolos com notas de cem reais. A garçonete se convenceu, mas ficou espantada com a quantidade de dinheiro nos bolsos do sujeito e pensou se não seriam assaltantes de banco?!

– Não somos! Exclamou M.B. olhando fixamente para a moça.

– Somo empresários do ramo do teatro. Viemos a Brasília para um grande espetáculo. Estamos de partida em breve e gostaríamos de nos despedir tomando muita cachaça e comendo da sua mortadela. E traga uns charutos cubanos, também, por gentileza!, disse M.B.

A garçonete, sem palavras, ficou estarrecida olhando para M.B.

– Não fique aí parada, sua "Pomba-lesa!" e vá buscar o pedido!, gritou Joana.

A moça atrapalhada e sem muita reação, disse que sim, que providenciaria o pedido, e se dirigiu depressa até a cozinha. Chegando lá foi surpreendida pelo cozinheiro que perguntou por que estava tão pálida. A garçonete respondeu que uns clientes estranhos fizeram um pedido.

– Que pedido?, perguntou o cozinheiro.

– Cachaça, mortadela e charutos cubanos!, respondeu.

– Ora, o que há de errado nesse pedido? Temos tudo isso!

– São estranhos! Digo, os clientes são estranhos. Um homem negro de capa preta, uma velha com um vestido azul longo, uma gorda com rabo igual de porco, um velho de terno branco com um tapa-olho e um chapéu suspeito e uma índia com roupas indecentes.

– Mas o que tem isso? Você está sendo preconceituosa! Não devemos julgar nossos clientes!

– Mas o homem negro adivinhou meus pensamentos!, respondeu a garçonete assustada. E continuou:

– Não sei como, mas ele sabia o que eu estava pensando. Acho que são ladrões de banco. Estão com rolos de notas de cem reais nos bolsos. Vou atendê-los normalmente, enquanto isso, chame a polícia. Eu vi outro dia, na TV, que há uma quadrilha passando notas falsas de cem reais. Vai que são eles que estão sentados ali no salão!? Além disso, você se lembra do caso do teatro? As pessoas que saíram enlouquecidas de lá de dentro? As descrições dos atores feita à época pelo público, bate muito com a dessas pessoas. Menos o negão que não sei de onde surgiu porque à época ninguém relatou a presença dele. Mas já pensou se é algum bruxo que estava comandando todo o espetáculo?

– Você tem razão! Volte ao salão e sirva-os. Haja com naturalidade. Enquanto isso, eu ligo para a polícia. Eles prenderão os suspeitos e se forem culpados, a justiça se encarregará de os condenar!

– Sim, vamos deixar que se cumpra a lei!, disse a garçonete que se dirigiu de volta ao salão levando uma garrafa de cachaça e os copos para servir a trupe de M.B.

– Sirva uma dose para todos e deixe a garrafa aqui na mesa, disse M.B.

– Senhor, não posso deixar a garrafa...

– Ora, não se preocupe, pois tenho dinheiro para pagar até pela sua vida! Deixe a garrafa e vá buscar as mortadelas e os charutos cubanos!

Maria Fifi e Joana voltavam do banheiro onde Maria Fifi preparou um curativo de ervas para estancar a gordura que escorria do traseiro de Joana.

Todos beberam cachaça e comeram mortadela, acompanhados de charutos cubanos. Riam muito alto e falavam palavras estranhas que as demais pessoas no local não entendiam e se sentiam intimidadas com a balbúrdia provocada pela trupe de M.B.

Mais tarde, a polícia chegou ao bar. Maria Fifi avistou o delegado do inquérito sobre a balbúrdia no teatro, ele conversava com a garçonete. Ela cochichou ao ouvido dele e apontou a mesa onde estava a trupe de M.B. que logo se levantou com Marie e foram direto para o banheiro. Maria Fifi e Joana se dirigiram para a cozinha. Miguel Miguelão foi tirando o chapéu e se desmanchando por embaixo da mesa.

De repente, se ouviu gritos vindo da cozinha. As pessoas no salão silenciaram e ficaram aguardando o que poderia ser. Dois policiais foram até lá. A garçonete e o delegado foram até o banheiro atrás de M.B. e Marie. Não viram nada ali. Voltaram ao salão e de dentro da cozinha pessoas saíam gritando e com medo. Logo, um pássaro preto de asas enormes saiu voando de dentro da cozinha e uma porca gigante correndo atacava os calcanhares das pessoas. Uma gritaria começou e de repente, saiu de baixo da mesa, uma sucuri de um único olho vermelho e começou a derrubar mesas e cadeiras, tentando dar o bote nas pessoas.

As portas do bar se fecharam. Gritos pavorosos se ouvia do lado de fora. Na rua, M.B. e Marie fumavam charutos cubano.

Ali adiante, viram uma multidão de pessoas que marchava, vestida de verde e amarelo, com cara pintada, carregando bandeiras do Brasil e cartazes com dizeres de apoio ao presidente Cloronald.

Marie e M.B. se infiltram na passeata.

M.B. desaparece no meio da multidão. Dali a pouco, uma gritaria. Pessoas se estapeavam, se debatiam e se contorciam como se estivessem com um demônio no corpo. O desespero crescia. Muitos apoiadores tentavam defender o presidente Cloronald que participava da passeata.

No meio da multidão, um atentado
O intestino de alguém é perfurado
Não há sangue? Não é um buquê?
Sem Sécia não há vida, não há realidade
Não há poesia

A saravaiada dessa vez era muito maior. As pessoas caiam umas sobre as outras, levando chicotadas invisíveis. Elas tentavam fugir da tortura que não podiam ver, pois seus olhos estavam fechados à verdade.

Muitos, no entanto, continuavam expressando seu apoio incondicional ao presidente, e mesmo sendo torturados, eles erguiam seus cartazes com frases #CloronaldMito, #Brasilacimadetudo,Deusacimadetodos!

A televisão e as redes sociais transmitiam ao vivo o espetáculo de desendemonhização como muitos anunciavam.

Marie pegou alguns cartazes e reescreveu com dizeres do tipo #MitoéoPretinhodaBacabeira#, #teatroacimadetudo, balbúrdiaéaNossaMarca#.

Entre os espectadores e internautas, as opiniões se dividiam. Muitos enxergavam aquilo como forças do mal atuando sobre a cidade de Brasília e querendo destruir o apoio ao presidente Cloronald. Outros riam e debochavam com carinhas de vômito e risadas escancaradas. As discussões esquentavam. As pessoas não sabiam mais o que estava acontecendo no país.

A polícia federal investigava e ligava os fatos ocorridos no teatro ao que ocorrera no Guarujá Tri-Palace e aos ataques no restaurante perto do mercado e à passeata pró-Cloronald. O novo chefe das investigações deu uma entrevista dizendo que estava em busca de uma quadrilha comandada por um homem negro de capa preta que andava acompanhado de uma porca gigante, uma cobra sucuri de um olho só, uma velha de vestido azul longo, uma mulher que cheirava à macumba e um sujeito baixo com tapa-olho, de terno branco e chapéu. Retratos falados foram espalhados pela cidade com conotações que distorciam a verdadeira face dos procurados.

Escondidos no Parque Nacional, M.B. e sua trupe descansavam das balbúrdias dos últimos dias e se preparavam para partir de Brasília, mas não sem antes libertar o diretor de teatro Benedito que estava preso no hospital de loucos.

Armaram um plano organizado.

E o plano era meio paraense: *invadirem o hospital psiquiátrico e rasgarem dali mais que depressa!* Chegaram derrubando portas e arrastando tudo que viam pela frente: uma porca gigante, uma sucuri de um olho só, um pássaro negro enorme, uma marajoara cheirosa e um menino pretinho com um chicote na mão. Os loucos logo sentiram a presença dos seres imortais e gritavam, pulavam, aplaudiam, riam. Com eles nada de mal aconteceu. Maria Fifi imobilizou os seguranças. Enfermeiros e médicos que tentavam impedir a entrada do grupo, sentiram chicotadas nas costas e gritavam desesperados. Miguel Miguelão dava rasteiras com sua calda e Joana mordia os calcanhares dos lúcidos. Marie retirou as armas da cintura dos seguranças e jogou-as para bem longe.

M.B. foi até o quarto de Benedito que estava deitado numa cama. Ele estendeu à mão a MB. e disse:

– Eu acredito! Sim, eu acredito nas lendas. Por favor, não me torture mais!

– Não estou lhe torturando! É você quem tortura a si mesmo! Mas posso libertá-lo desse local. Venha comigo! Vamos para o Norte. Lá poderá começar uma nova vida e escrever uma verdadeira peça de teatro.

– Mas como sairemos daqui? O local está cheio de médicos e enfermeiros e eu estou sendo investigado pela polícia. Não posso deixar a cidade!

– Não se preocupe com a polícia ou com Brasília. Tudo será interceptado na hora certa, assim que abandonarmos essa cidade cascavel.

Dizendo isso, M.B. estendeu as mãos a Benedito e os dois saíram pela porta, chegaram ao longo corredor do hospital e caminharam por entre loucos que veneravam e aplaudiam os dois.

Às portas do Hospital psiquiátrico se encontraram todos: Porca Gigante, Sucuri de um olho só, Maria Fifi, Pretinho da Bacabeira, Mulher Cheirosa e Benedito. Partiram lado a lado, sumindo na escuridão da rua.

De repente, uma fumaça tomou conta da cidade.

Casas e prédios desapareceram.

Um fogo amazônico começou.

16

O MUNDO EM SUSPENSO

Quando saíram de Brasília, MB e seu grupo e, também Benedito, estavam há dias sobrevoando o mapa do Brasil. Pararam em alguns lugares para descansar, mas sempre muito rápido e com poucas traquinagens, pois não queriam ser identificados, uma vez que a polícia federal ainda estava na cola deles.

Quando estavam perto de Belém, Maria Fifi desceu à terra para ouvir as notícias. Ficou sabendo, então, sobre um vírus chamado Covid19 que já tinha até apelido, corona, coronga etc. e já havia se espalhado pelo mundo e agora chegava no Brasil. Ao retornar para o mundo em suspenso, avisou o grupo sobre o tal coronavírus que já havia exterminado milhões pelo mundo afora.

O grupo decidiu permanecer em suspenso até que as coisas se acalmassem.

– O mundo suspenso é um tédio, disse MB!

– Não há outra saída, a situação é bastante problemática e como o presidente diz que é só uma gripezinha, significa que devemos deusobedecê-lo e ficar em suspenso, disse Maria Fifi.

– Ficar nessa forma delineada de traços e linhas é muito entediante! Amo a forma humana!, disse MB.

Mal podiam imaginar que ficariam meses no mundo em suspenso. Chegaram, então, no palácio de traços e linhas vermelhas. MB deu as boas-vindas a Benedito que tentava entender essa nova forma de linhas e traços que compunham seu corpo e o corpo dos demais ali.

– Faremos um baile essa noite! O senhor será nosso convidado e fará um discurso sobre teatro para nós! Miguelão, mostre, por favor, os aposentos do senhor Benedito, pediu MB.

Miguelão pegou Benedito pelo traço do braço e o guiou para uma porta de traços. Quando entrou no quarto, Benedito olhou para trás e viu que todos o observavam, pois não havia privacidade no mundo delineado por traços.

Joana afundou-se num sofá de traços xadrez e disse:

– Agora ficaremos aqui entediados por sei lá quanto tempo!

– Até que surja uma vacina, disse Marie.

– Ou até que o vírus nos destrua de vez!, disse Miguelão assustado.

– Bobagem! Nunca seremos destruídos! Somos mitos! disse M.B. E pediu que preparassem a festa de boas-vindas ao senhor Benedito.

17

O DISCURSO DE BENEDITO

– Boa noite, em primeiro lugar quero agradecer a hospitalidade do senhor M.B e seus adoráveis amigos!

– Que adoráveis que nada! Deixa de falsidade e começa logo esse discurso sem essa palhaçada falsa de agradecimentos! Agradecer o quê? Não tens nada que agradecer! A gente só ferrou com tua vida, o palhaço! Com essas palavras, Joana virou um gole de cachaça que vazou pelos traços de seu corpo. Benedito ficou chocado e todos riram.

– Senhor Benedito faça o seu discurso e não ligue para Joana. Ela já está bêbada!, disse Marie.

– Bêbada, porém cheia de razão!, respondeu M.B.

– Comece logo esse discurso de uma vez, homem!, gritou Miguelão que também virava um copo de cachaça.

– Bem, se me deixarem falar, então começo! Pois bem, minha tese de doutorado versou sobre o tema das drogas e o teatro...

– Ah que saco! Mais um com essa palhaçada acadêmica de "versou sobre... observa-se que..."! Aff, muda esse discurso que já começou entediante!

– Shiii, fez M.B censurando a interrupção de Miguelão. E continuou: – Escute homem! Ele vai falar de drogas! Deve ser interessante!

– Conduzidos pelos efeitos da contaminação por intoxicantes na linguagem que pretere a função social... Um elemento essencial para essa comparação é o uso de substâncias entorpecentes (ópio) e de estimulantes (cocaína) que justificam o estado de embriaguez das personagens Rönne e Pameelen que analisei nas peças do poeta e médico Dr. Gottfried Benn...

– Tá bem, mas aonde o senhor quer chegar com isso? Traga logo as drogas para a gente!, disse Miguelão já totalmente bêbado.

Shiiiiiii...fizeram todos na sala.

– Se acalme, senhor! Mas como eu dizia, na peça onde temos a personagem Pameelen, há uma sugestão da neve associada à cocaína. As drogas surgem de forma ambígua nas tonalidades do texto dramático, são, na verdade, metáforas que se apresentam contra a rigidez semântica da linguagem que, por exemplo, na figura da personagem Rönne, que também usa drogas, (personagem de novelas escritas por Benn), é entendida na sua luta constante para manter certas convenções sociais. Há um momento em que ele fala sobre autorreflexão e vontade de escrever e isso indica uma tentativa de objetivar seu pensamento impreciso, ele deseja colocar sua vida desordenada em atos conscientes. Isso, no entanto, não acontece, pois lentamente, ele se desintegra no uso de drogas. No início, pode-se dizer que a letargia e o desprendimento da personagem Rönne são sintomas de um trauma psicológico, uma espécie de esgotamento nervoso resultante do trabalho anterior em um "instituto patológico." As histórias de Rönne concernem a essa obsessão pela linearidade, uma vez que ele vive em constante estado de embriaguez, tentando disfarçá-lo diante das convenções sociais que precisa respeitar. No caso da personagem Pameelen – das peças de Benn – temos um comportamento evidente de usuário de cocaína. Na peça *Karandasch* há direta alusão às drogas estimulantes como cocaína e cafeína. E soma-se a isso a falta de propósito da personagem que não deseja viver linear e, tampouco, respeita convenções sociais. O texto e o personagem são ambos sem sentido, os personagens sem direção, um texto intoxicado, diria! Assim chego a minha hipótese do duplo nas figuras de Dr. Rönne e Mr. Jef Pameleen que comparo ao dilema do médico e o monstro de Stevenson. No entanto, os personagens, das peças de Benn, são ambos médicos. O primeiro, Dr. Rönne, simboliza a lentidão que marca o estado sacramental da linguagem das novelas, em contraste com a velocidade e intensidade nas peças *Der Vermessungsdirigent* e *Karandasch*. Isso simboliza o fim da linguagem do drama que recai numa subversão do sentido das palavras, numa euforia. Aquilo que um teórico chama de "a destruição da realidade e a ideia do eu levadas adiante até a destruição da linguagem e do significado do conteúdo" dos textos. Se Dr. Rönne ainda resiste e tenta disfarçar seu uso de entorpecentes, buscando viver uma vida linear, de acordo com as convenções sociais, Dr. Pameleen chuta completamente o pau da barraca e vive de acordo com seus impulsos criativos e faz uso declarado de drogas. Para a linguagem poética e dramática essa duplicidade é o cerne da questão. Entendo que achar um meio termo entre o linear e o total desalinho da linguagem na escrita literária é como buscar o jogo entre a ironia e o deboche. Por mais difícil que seja alcançar esse paradigma, creio que o senhor e o seu grupo poderiam escrever uma peça de sucesso, caso quisessem! Bem, isso é tudo pessoal! Obrigada e estou aberto às perguntas.

Quando tirou os olhos do papel e mirou a plateia, viu que todos cochilavam e Miguelão roncava alto. Benedito ficou alguns minutos olhando aquelas criaturas até que, de repente, todos despertaram do fingimento e riram, debochando do palestrante.

Então M.B disse:

– Perdoe-nos, senhor Benedito. Não estávamos dormindo, apenas não podíamos perder a oportunidade de debochar do senhor. Afinal, a vida nessa terra delineada é tão entediante que não podíamos perder um momento de diversão. Escutamos e entendemos tudo o que o senhor leu sobre seu trabalho, muito interessante por sinal! De fato, se quiséssemos escrever algo sério, conseguiríamos, sem dúvida! Mas porque o senhor acredita que o literário está apenas entre o alinho e o desalinho da linguagem? Por que não haveria poesia na nossa história de deboche e paródia? Ora senhor Benedito, a vida já é tão chata de seriedade! E saiba que ultimamente, com os acontecimentos políticos, a única coisa que dá para fazer é rir e debochar!

– Senhor M.B. eu sei que vocês fazem um trabalho surreal! Mas talvez precisem de uma pitada refinada de ironia!

– Joana, traz o pó de jambu aí para este senhor porque ele ainda não entendeu o efeito das drogas do Dr. Gottfried Benn! Disse Miguelão e todos riram.

Maria Fifi exclamou:

– Miguelão, o sr Benedito está falando sério! Escute, pois precisamos de algumas dicas para melhorar nosso trabalho como artistas. Se queremos ser reconhecidos e respeitados, precisamos ouvir quem entende de teatro.

– E quem disse que não somos reconhecidos e respeitados?, perguntou Joana.

– Nisso, a Joana tem razão, disse M.B. e continuou: – Somos reconhecidos em quase todo o Pará e, se não respeitados, ao menos ainda somos temidos na ilha do Marajó.

– E quem precisa ser temido? O importante é ser respeitado!, disse Maria Fifi.

– O presidente é temido, porém, não é muito respeitado!, disse Miguelão.

– Você só pode estar bêbado mesmo, Miguelão! Quem foi que disse que essa criatura chamada de presidente do Brasil é temida ou respeitada?, perguntou Joana.

– Chega dessa bobagem!, gritou Marie. E continuou: – Será que vocês podem agir com seriedade ao menos uma vez? A Maria Fifi tem razão, precisamos ouvir quem entende de teatro e, quem sabe, conseguiremos aprender alguma coisa e melhorar nossas apresentações. Ninguém suporta mais essa bandalheira e esse deboche! Precisamos demonstrar seriedade e respeito ao público desse país!

– Humm, olha quem fala! Chega surrupiando os boys de todo mundo e quer falar de respeito e seriedade, né?, disse Joana. Todos riram, inclusive o sr Benedito que já estava virando o segundo copo de cachaça de jambu.

Marie pulou em cima de Joana e as duas se entrelaçaram num emaranhado de traços de seus corpos. As duas brigaram como fantasma e porca. Era fumaça e linha para todo lado. Até que Maria Fifi e M.B conseguiram desapartar as duas.

MB. ajudava Marie a recompor seus traços, enquanto Maria Fifi tentava fazer o mesmo com Joana. As duas se entreolhavam e riam uma da outra todas desalinhadas e entrelaçadas uma na outra.

Miguelão abriu a última garrafa de cachaça de jambu que Maria Fifi tinha trazido do Ver-peso quando desceu à cidade pela última vez.

– O que o senhor acha dessas duas desalinhadas aí, sr Benedito?, perguntou Miguelão. E continuou: – O senhor acha que elas estão em desalinho com a linguagem do drama crítico-reflexivo? Todos riram do deboche de Miguelão.

Benedito virou mais três copos e já muito bêbado e com a voz entorpecida e lenta, começou a divagar sobre seus conceitos teóricos:

– Vocês podem até não conseguir escrever peça de teatro de valor crítico, mas vocês atuam brilhantemente nos seus papéis reais! Meus caros, é preciso fazer o público pensar! Pensamento crítico para a além da diversão!

– Ora não me venha com essa bobagem de filosofia. Hoje é dia de festa e essa é a última cachaça de jambu que temos. Então, é preciso saborear com prazer!

– Como você vai saborear com gosto o que lhe vaza pelos contornos!?, perguntou Benedito rindo de Miguelão, cujo líquido se via escorrer pelos traços de seu corpo.

Terminaram a noite bebendo em poesia com os olhos destroçados, a noite avermelhada, sombras afundando nas ilhargas. Cantando também os cálices de mulher. É bom beber. As corujas choram mortalmente e a vigília da morte se desenrola. Em breve os olhos destroçados... **No dia seguinte**, acordaram num emaranhado de traços e linhas de seus corpos.

Maria Fifi, a única que esteve sóbria, viajou até a terra e voltou com boas notícias: havia uma cura! Vacinas estavam sendo testadas e produzidas. Algumas já estavam sendo aplicadas na população. No entanto, no Brasil ainda demoraria para chegar e ser autorizada, pois o presidente Cloronald não confiava na ciência e dizia temer que a vacina transformaria as pessoas em jacaré.

– MB, há várias vacinas sendo testadas e algumas já estão sendo aplicadas na população de alguns países.

– Você tem certeza de que é boa essa vacina, Maria Fifi?, Perguntou MB.

– Mas o presidente disse que se a gente tomar a vacina e virar jacaré, ele não vai fazer nada para nos ajudar! – Ora, mas você já vira uma Sucuri enorme! E tá com medo de virar jacaré?!, disse Joana e todos riram de Miguelão.

– Sua boba! Eu sei disso! O que eu estou preocupado é se essa vacina for uma isca para nos atrair e nos fazer perder nossos poderes e nunca mais nos transformarmos nas criaturas que somos. O que quero dizer é que não quero deixar de ser quem sou. Não quero perder meu encanto!

– Mas que encanto que tu tens já, Miguelão? Nunca vi mulher nenhuma se encantar por ti!, continuou Joana com o deboche!

– Ora ora, quem fala? E você que vira porca gigante e sai mordendo a canela dos outros com essa boca sem dente!

– Ah então, você quer fazer bullying? Tá bom! Vamos fazer bullying! E você que só tem um olho e quando come fica com um bucho ridículo!

– E você que só come folha e continua gorda!

– Ao menos os humanos me acham fofinha e me adoram! Já você, todo mundo tem medo dessa tua magreza traiçoeira!

– olha que eu te... – Calem-se os dois!, disse Maria Fifi.

– Basta dessa palhaçada. Estamos com problemas sérios e precisamos de uma solução. Disse Marie.

– O que faremos? Devemos tomar a vacina, sim ou não? Perguntou Joana.

–Senhor Benedito, o que nos sugere?, perguntou Maria Fifi.

– Não sou médico, mas pelo que vejo a vacina não vai resolver o problema do vírus no mundo. No caso de vocês é possível que haja efeitos colaterais que podem interferir nos poderes. Quem sabe talvez percam o seu encanto. Mas é um risco que devem assumir.

MB e seu grupo decidiram não tomar a vacina. Não porque tivessem medo de virar jacaré, mas porque temiam que ela interferisse em seus organismos e quebrasse seus encantos. E tudo que eles queriam era permanecer no entre mundos! Queriam continuar nesse jogo de ir e vir, zombando aqui e acolá. Viver no mundo, praticando suas brincadeiras perversas, engraçadas. Mas o tempo passa e as pessoas esquecem até os Mitos!

Nossos personagens estão sendo esquecidos! Vai ver que é porque não quiseram tomar a vacina! Quem sabe? O fato é que as pessoas não viam mais graça naqueles contos e causos da ilha do Marajó. Aos poucos, eles vão sendo deixados de lado. Poucas pessoas lembram dos personagens que antes trouxeram medo à ilha. Alguns fazem piadas sobre eles. Outros dizem que nunca existiram. Os seus locais – a mata, o cruzeiro, o rio, a bacabeira – tornaram-se invisíveis.

FIM?

pólen bold 90 gr/m2
tipologia adobe garamond pro
impresso no verão de 2023